炎四郎無頼剣

淫殺篇

鳴海　丈
Narumi Takeshi

文芸社文庫

〈炎四郎外道剣　血涙篇〉目次

事件ノ一　辻斬りを斬れ

1

（清次《せいじ》さん……今夜はどんな風に、あたしを可愛がってくれるのかしら）

お松《まつ》は淫らな期待に胸を躍らせながら、夜の通りを歩いていた。

商店はどこも大戸《おおど》を閉じている時間なので、通りには、お松の他に人影はない。そろそろ藤の花が咲く時期なので、夜風も生温《なまあたた》かく感じる。

十八歳のお松は、二ヶ月前に恋人の清次と初めて結ばれた。

好きな男に抱かれて〈女〉になったのは嬉しかったが、（こんな踏み潰された蛙みたいな格好するなんて、羞《はず》かしい……それに、痛いばかりで、ちっとも気持ち良くないわ）と、その時は思ったものである。

ところが、何度も逢瀬《おうせ》を重ねた今では、軀《からだ》の方が媾合《こうごう》の味を覚えてしまい、働いている最中でも清次のことを考えると、女の部分が濡れてしまうほどであった。

（清次さんにあそこを舐められただけで、もう、頭の中が真っ白になってしまう……あたしも、清次さんのあれを舐めてあげたいわ）

でも、さすがに、女の自分から男のものを舐めたい——と切り出すのは、羞かしすぎる。

（無理矢理でもいいから、あたしの口の中に押しこんでくれればいいのに……そうしたら、いっぱいいっぱいいっぱい御奉仕してあげるわ。半刻《はんとき》でも一刻《とき》でも、しゃぶっていたい……）

そんな淫猥な妄想に胸を膨らませて、お松が橋の袂に近づいた時、

「──おい」

背後から、男の声がかかった。

「はい？」

何気なく振り向いたお松は、闇に煌《きら》めく刃を見たと思った瞬間、絶命していた。

2

宝永《ほうえい》七年──西暦一七一〇年の陰暦《いんれき》六月初め。

柱の芯《しん》まで腐るかと思われるほど長い梅雨《つゆ》が、ようやく明けて、紺青《こんじょう》に晴れわたった空に、初夏の太陽が生き生きと輝いていた。

路地裏の隅々までも乾かそうとするかのように、眩《まばゆ》い陽光が江戸の町に、惜《お》し気《げ》もなく降《ふ》り撒《ま》かれている。

水量が増し流れが速くなっている大川《おおかわ》の川面《かわも》も、豊かな陽の光を弾《はじ》いて、きらきら

と金色に光っていた。

煌《きら》めく大川の上に、弓形に架《か》かった長さ九十六間《けん》——約百七十三メートルの両国橋《りょうごくばし》は、昼飯時のせいか、午前中は溢《あふ》れんばかりであった通行人が、今は疎《まば》らになっている。

その両国橋を、広小路《ひろこうじ》の方から渡って来た一人の男がいた。

錆鼠色《さびねずいろ》の地に太い滝絞《たきしぼ》りの柄が入った単衣《ひとえ》の着流しに、白い竜紋《りゅうもん》の帯、腰に大小二刀を落とした浪人者《ろうにんもの》である。

長身痩軀《そうく》、月代《さかやき》を伸ばしているが、垢《あか》じみたところは全くない。

二十代半ばであろう。細面《ほそおもて》で、目は切れ長で鼻梁《びりょう》が高く、非常に整った顔立ちをしていた。

美しいとすらいえる容貌《ようぼう》だが、甘さは微塵《みじん》もなく、唇は固く一文字に結ばれている。肌は浅黒く、その両眼には、世の中に絶望しきったような昏《くら》い翳《かげ》を宿していた。

両国橋は、その両詰と真ん中に、橋番の番屋《ばんや》が置かれている。

浪人者が、中央の番屋に近づいた時、本所《ほんじょ》の方から小走りに渡って来た若い男が、右肩に突き当たった。

「こいつぁ、ご無礼《ぶれい》を……」

小腰《こごし》をかがめて詫《わ》びを言おうとした男の顔が、はっと歪《ゆが》んだ。

いつの間にか、浪人者は、右手に大刀を抜き払っている。そして、男の左右の手の指が、橋板の上に芋虫《いもむし》のように散らばっていた。

「〰〰〰〰っ！」

十の切断面から真っ赤な血を噴きながら、男は悲鳴を上げた。

他の通行人たちは、棒立ちになる。

いつ抜いたのか、いつ斬《き》ったのか、誰も見た者はなかった。

赤ん坊みたいに泣き喚《わめ》きながら、男は、橋の上を転げまわる。

歩みを止めずに、浪人者は懐紙《かいし》で刃《やいば》を拭うと、納刀《のうとう》した。

うっすらと血脂《ちあぶら》の滲《にじ》んだ懐紙が、ひらひらと白い蝶のように舞いながら、川面へ落ちて行く。

あわてて番屋から飛び出した橋番の老爺《ろうや》に向かって、浪人者は一朱銀《いっしゅぎん》を弾き飛ばした。

「後始末を頼む」

そう言い捨てて、歩き去る。器用に一朱銀を受け取った老爺は、

「こ、こりゃどうも」

浪人者の後ろ姿に、何度も卑屈《ひくつ》に頭を下げた。

橋を渡り終えた浪人者は、ずらりと並んだ掛《か》け茶屋《ぢゃや》や観世物《みせもの》小屋の前を歩いてゆく。

盛り場をうろつく地廻《じまわ》りの何人かが、畏《おそ》れの混じった愛想笑いを浮かべて、「旦那《だんな》、どうも……」「いい天気になりやしたね」などと、浪人者に声をかけた。

彼は、無言で頷《うなず》いて見せる。すると、ろくろ首娘のおどろおどろしい看板がある小屋の前で、

「もし……」

背後から、遠慮がちに声がかかった。

浪人者は振り向く。地味な小袖《こそで》姿の武家の女が、供《とも》も連れずに一人で立っていた。

「突然、道端で声をおかけする無礼を、お許し下さい。どうしても、貴方《あなた》様にご相談したき事がございますので、どこかお話のできる所へ、ご同道《どうどう》願えませんでしょうか」

伏《ふ》し目《め》がちに、一気にそう言うと、女は、すがるような眼差《まなざ》しを浪人者に向けた。

﨟長《ろうた》けた――という形容そのままの、気品のある美女であった。年齢《とし》は、二十二、三歳であろう。

「――私は」

女の全身を見やってから、浪人者は低い声で言った。

「ご覧の通りの無頼《ぶらい》の徒《と》だが、それを承知の上でのご依頼かな」

「はいっ」

必死の表情で、女は言った。

「わたくし……沙絵《さえ》と申します」

「御里《みさと》……」

気怠《けだる》げな口調で、浪人者は名乗る。

「御里炎四郎《えんしろう》」

3

徳川綱吉《とくがわつなよし》が征夷大将軍《せいいたいしょうぐん》となったのは延宝《えんぽう》八年——西暦一六八〇年、彼が三十五歳の時である。

三代将軍家光《いえみつ》の四男として生まれた綱吉は、長兄で病弱であった四代将軍の家綱《いえつな》の死によって、第五代将軍に任ぜられたのだった。

幼少の頃から英邁《えいまい》と評判の高かった綱吉は、新将軍として仁政《じんせい》を目指した。大名の虐政《ぎゃくせい》を罰し、奢侈品《しゃしひん》の輸入を禁止し、武家諸法度《ぶけしょはっと》の適用範囲を旗本《はたもと》にまで広げる……など、その初期には、〈天和《てんな》の治《ち》〉といわれるほどの堅実な政治を行なっていた。

ところが、貞享《じょうきょう》四年の牛馬憐愍《れんびん》令に始まった数々の法令によって、綱吉は、〈犬《いぬ》公方《くぼう》〉とまで呼ばれる江戸幕府史上最悪の将軍に成り下がったのである。

いわゆる〈生類憐《しょうるいあわ》れみの令《れい》〉と総称される綱吉の法令は、世界史にもほとんど類《るい》を見ないほど愚劣《ぐれつ》で苛酷《かこく》な悪法であった。

それというのも、将軍の生母である桂昌院《けいしょういん》の信任厚い祈禱僧《きとうそう》・隆光《りゅうこう》が、「上様《うえさま》にお世継《よつぎ》ができないのは、前世で殺生《せっしょう》を重ねられたからである。動物を大切に、特に上様は丙戌年《ひのえいぬ》のお生まれなれば、犬を大切にされることが功徳《くどく》。さすれば、お世継も授かり、上様もご長寿を得られましょう」と進言したのが原因である。

これを妄信《もうしん》した綱吉は、犬を人間よりも上位に置くという暴挙《ぼうきょ》を行なった。犬を斬った町人は獄門《ごくもん》となったし、蹴ったり水をかけただけで重罪となる。

いや、法令の対象は犬だけにとどまらず、猫や牛、馬、鳥や魚介類、果ては昆虫にまで及んだ。

頰に止まった蚊を潰《つぶ》した小姓《こしょう》は、家は改易《かいえき》され、自身は遠島《えんとう》を申し渡された。雀を吹矢で射落とした茶坊主《ちゃぼうず》は、斬罪《ざんざい》となった。

病気の馬を捨て置いたという罪で、関係者二十五人は遠島になった。

百姓は牛馬を農耕に使えぬために苦労し、さらに、猟を禁じられたために増えすぎた野生動物が山から里へ下りて来て畑を荒らすという、二重の被害を受けた。

魚屋や漁師、猟師たちが生活に窮《きゅう》したことは、言うまでもない。

そんな万民《ばんみん》の困窮《こんきゅう》を顧《かえり》みず、綱吉は、大久保《おおくぼ》に二万五千坪の、中野《なかの》には十六万坪もの〈お犬様御殿《いぬさまごてん》〉を造営し、他に四谷《よつや》や喜多見《きたみ》にも造った。

公営犬小屋に収容された犬の数は、四カ所で十万匹とも二十万匹ともいわれ、米や干鰯《ほしか》などを、たっぷりと与えられていた。

人間が魚を食べることは禁じても、犬が干した鰯《いわし》を喰らうことには、綱吉は矛盾を感じなかったらしい……。

将軍の専横《せんおう》を諫《いさ》めるべき立場にあるはずの幕府の重臣たちは、綱吉の暴走を止めるどころか、追従《ついしょう》に励んだ。

側用人《そばようにん》として老中《ろうじゅう》よりも力のあった柳沢美濃守吉保《やなぎさわみののかみよしやす》などは、将軍と同じ戌年生まれであった事が、出世の理由の一つだという。

この柳沢吉保も、綱吉に諫言《かんげん》などするどころではなく、かえって生類憐れみの令を積極的に利用して、邪魔な政敵を蹴落とす有様であった。

直接的には、幕府領と旗本領にしか効力のない生類憐れみの令であったが、ほとんどの大名は、自分の領内にも同様の法令を発効させたのである。

かくして、綱吉が病没する宝永六年――一七〇九年まで、実に二十三年間にわたって、稀代《きたい》の悪法は天下万民《てんかばんみん》を苦しめ続けたのであった。この間、罰せられた者の数は、数万人に及ぶという。

これほどの〈功徳〉を積んだにもかかわらず、いや、それ故《ゆえ》にというべきか……綱吉は嫡子《ちゃくし》を儲《もう》けることができなかった。

臨終の間際にも、綱吉は「余《よ》の亡《な》き後《あと》も、百年も二百年も徳川家のある限り、生類憐愍令を続けよ……」と遺言した。

この法令は、世継と長寿を得ることを目的としていたはずである。

もはや、その両方とも得られないことが明白であり、隆光の進言が嘘だとわかったはずなのに、綱吉は法令の維持を厳命した。

目的と手段が、完全に逆転してしまったのである。綱吉は、すでに正気ではなかったのであろう。

宝永六年一月十日、綱吉死去。

綱吉の養嫡子として六代将軍になることが決定していた徳川家宣《いえのぶ》は、綱吉の棺の前で遺言の遵守《じゅんしゅ》を主張する柳沢吉保に向かって、「余は、あえて五代様の遺命《いめい》に背《そむ》く。ただちに、生類憐愍令を廃止せよ」と厳命した。

一月二十日、徳川幕府は正式に、生類憐れみの令の廃止を布告した。

法令違反によって牢につながれていた六千七百余名が即日、釈放された。

さらに、同年五月に家宣が六代将軍の座につくと、遠島や追放になっていた者も赦《しゃ》免《めん》された。

その数は、八千六百三十四人にのぼる。

秋に、赦免船の着いた霊巌島河岸《れいがんじまがし》には、大勢の出迎えの人が溢れ、ようやく生還した流人《るにん》たちと抱き合って涙にくれた。

それらの愁嘆場《しゅうたんば》から離れて、独《ひと》り、昏い眼差しで彼らを眺《なが》めている流罪人《るざいにん》がいた。

若い浪人者である。

名を――御里炎四郎といった。

4

「――御里様。例の辻斬《つじぎ》りの噂、お聞きおよびでございましょうか」

坂町《さかちょう》にある料理茶屋〈ふじ川《かわ》〉の二階に、御里炎四郎と沙絵という女はいた。

開け放した窓の外には、松の木が立ち並び、その樹間から回向院《えこういん》裏の蓮池《はすいけ》が見える。

陽射しは強いが、風の吹きこむ室内は、涼しかった。

二人の前には、川魚料理を並べた膳が置かれている。

「うむ」

杯を干してから、炎四郎は頷いた。

「たしか、もう七人……いや、不動参《ふどうまい》りの帰りに斬られた按摩《あんま》を入れて、八人だったか」

――最初の犠牲者は、深川八幡宮《ふかがわはちまんぐう》の門前町にある水茶屋《みずぢゃや》の茶汲女《ちゃくみおんな》であった。

水茶屋とは本来、店先に縁台を並べて参拝客に白湯《さゆ》や茶を供する簡易休憩施設であり、そこで働く茶汲女は給仕役であった。

その茶汲女は、お松《まつ》という十八歳の娘だった。

お松は、水茶屋が閉まった後、恋人の宮大工《みやだいく》に会いに行く途中に、黒江《くろえ》川に架かる八万橋《はちまんばし》近くの夜道で、何者かに斬られて死んだのである。

それが、今年の三月末のことだ。

袈裟《けさ》懸《が》けで、ただの一太刀。明らかに剣の心得のある者の仕業《しわざ》であり、下手人《げしゅにん》は相当の手練《てだれ》者と思われる。

所持金が奪われていることから、怨恨《えんこん》による犯行ではなく、辻斬りだと判断された。

江戸の町には、浪人が溢れている。

始祖・徳川家康《いえやす》より江戸幕府は、容赦なく大名取り潰しを行なっている。

その理由は、一つは、反徳川の芽を根絶することにあり、今一つは、大名領を没収して傾いている幕府の財政を立て直すことであった。

前将軍綱吉は、極端な厳罰主義者で、その在位中に取り潰しや減封《げんぽう》にあった大名は四十七家、旗本は百家を超えた。

また、四代家綱までに廃絶された大名の数は、二百家といわれている。

大名取り潰しの時は勿論、減封の時にも、大量の失業武士が発生する。

彼らは、再任官の道を求め、大名屋敷が蝟集《いしゅう》している江戸へ、家族を連れて続々と集まって来た。

戦国の世や、まだまだ徳川政権が揺れ動いていた三代将軍の頃ならいざ知らず、今の太平の世に、失業武士が新《あら》たに主家《しゅけ》を見つけることは、ほとんど不可能に近い。仇討《あだう》ちの成功率は一パーセント、つまり百人に一人といわれているが、浪人の再任官の確率も同じくらいか、それ以下であった。

しかも、運良く士官の叶《かな》った者は、算盤《そろばん》が立つか能書家のどちらかである。つまり、軍人としてではなく、文官として雇われるわけだ。

したがって、武芸一筋などという浪人は、まず再就職の見込みがない。

寺小屋《てらこや》を開くか医者になるという手もあるが、これには、ある程度の才能と素養、それに元手が必要だ。

跡取りのいない家の養子になるには、それなりの伝手《つて》がいるし、そもそも、妻子を抱えた浪人には不可能である。

そういうわけで、ほとんど浪人は裏長屋に住み、傘張り提灯《ちょうちん》張りなどの手仕事か、頰っかぶりで、侍 髷《さむらいまげ》を隠しての土運びなどの肉体労働で、わずかな労賃を稼ぐしかない。

それも出来ない者に残された選択肢は、餓死するか犯罪者になるか——だけであった。

そして、腕に覚えがあり腰に二刀を差した浪人の、最も安易な現金獲得法は、辻斬りなのである。

お松殺しも、そういう喰《く》い詰《つ》め浪人の仕業と断定されたが、下手人の目星《めぼし》もつかないうちに、第二の犯行が起こった。

四月初めの小糠雨《こぬかあめ》の降る晩に、蔵前《くらまえ》の札差《ふださし》の番頭《ばんとう》で銀蔵《ぎんぞう》という四十男が、集金の帰りに神田川《かんだがわ》端の柳堤《やなぎづつみ》で斬り殺されたのである。

今度は、背中から心の臓を一突きにされ、抉《えぐ》られていた。やはり、集金した七十両《りょう》と銀蔵自身の紙入れが、奪われている。

その鮮やかな腕前から、下手人は、お松殺しと同一人物と断定された。

凶行は、さらに続き、四月だけで銀蔵を入れて三人、五月に四人、合計で八人が斬り殺されている。

八人目の犠牲者は、徳《とく》の市《いち》という按摩であった。

五月二十八日は、江戸鎮護の五大不動の一つ、目黒不動堂《めぐろふどうどう》に縁日《えんにち》が立つ日である。

元鳥越町《もととりごえちょう》に住む徳の市は、出入りの大店《おおだな》を何軒も持っていて、二人の弟子を抱え、なかなか評判の良い男だった。

前夜から田町《たまち》の親戚の所へ泊まった徳の市は、翌日、不動参りをすると、夜、駕籠《かご》で帰途についた。

ところが、酒手《さかて》のことで駕籠かきと口論になり、馬喰町《ばくろちょう》で降りてしまった。そして翌朝、浅草橋《あさくさばし》の近くで、徳の市は死体となって発見されたのである。

頸部《けいぶ》が、皮一枚残して、ほとんど切断されているという凄《すさ》まじさだった。勿論、懐《かい》中物《ちゅうもの》は抜かれていた。

一晩中降り続けた雨で、周囲の血は洗い流され、斬り口の肉が白っぽくふやけていたという。

南北の町奉行所が、必死になって下手人を捜しているが、未《いま》だに捕《と》らえることができない……。

「ご存じならば、お話がしやすうございます。ただ今、御里様は、辻斬りの犠牲者の数が八人とおっしゃいましたが、実は……八人ではなく、九人なのです」

「と、申されると？」

沙絵は唇を震わせて、

「わたくしの父も、先月、辻斬りの手にかかって果てました」

「……」

炎四郎は、杯を置いた。

「姓名の儀《ぎ》は、ご容赦《ようしゃ》くださいませ。父は、家禄《かろく》九百石をいただく旗本でございました。お役《やく》にもついております。その父が、出入りの商人《あきんど》の接待で吉原《よしわら》へ行ったのが、先月の十日。大門《おおもん》を出て駕籠に乗ったのが、亥《い》の上刻《じょうこく》です。ところが、父はまっすぐ上屋敷《かみやしき》へは戻らず、花川戸《はなかわど》で駕籠を降りました」

「女……ですかな」

「はい」沙絵は俯《うつむ》いた。

一年ほど前に、上屋敷で奥方《おくがた》の世話をしていた女中のお糸《いと》という娘に、沙絵の父は、手をつけてしまったのだという。

激怒した奥方は、お糸に暇をやって、屋敷から追い出した。沙絵の父は入婿《いりむこ》で、奥方には全く頭が上がらなかったのである。

ところが、今回、初めて発覚したのだが、沙絵の父は、ひそかにお糸を囲っていた。

当日の夜も、彼は、花川戸の妾宅《しょうたく》へ寄るために駕籠を降りたのだった。事情が事情なので、供の者には銭を握らせて、先に帰しておいた。

しかし、あまりに来るのが遅いので、妾宅の下男《げなん》が様子を見に行ったところ、小雨の中、枝垂《しだ》れ柳の根元に壮年の武士が倒れているのを発見した。

それが沙絵の父であった。

「刀を抜き合わせることもなく、背中を袈裟に斬られておりました。逃げようとして、後ろから斬られたことは、傘や下駄《げた》が散乱していたことでも明白でございます。剣に自信がなかったとはいえ、我が父ながら、まことに腑甲斐《ふがい》ない最期でございました」

早速、上屋敷に報《しら》せが行き、奥方は卒倒せんばかりに怒り狂ったが、用人《ようにん》が手配して、秘密のうちに死骸を屋敷内へ運びこんだ。

旗本の当主が、吉原帰りに、妾宅へ立ち寄ろうとした挙《あ》げ句《く》、手向《てむ》かいもせずに、どこの誰とも知れぬ辻斬りに殺されたとあっては、一大事である。

表沙汰になれば、家名断絶は免《まぬが》れない。

老練《ろうれん》な用人が奔走した結果、町奉行所には届けず、沙絵の父は急な病死ということで処理され、まだ六歳の長男が元服《げんぷく》した暁《あかつき》には、家督《かとく》を継《つ》ぐことを許された。お糸は、実家へ帰した。

これで、一件落着したのであるが……。

娘島田《むすめしまだ》に髪を結った沙絵は、

「……でも、わたくしの心は晴れませせぬっ」

細い肩をわななかせて、言った。

この時代――庶民の娘は、十代半ばで嫁に行った。〈娘〉と呼ばれるのは、十三歳から十八歳の間で、十九歳以上は〈女〉である。

二十歳で〈年増《としま》〉、二十五歳で〈中年増〉、二十代後半で、気の毒にも、〈大年増〉

と呼ばれてしまう。

だが、それも無理はない。百歳近くまで生きる長寿者もいたが、庶民の平均寿命は、一説には三十代半ばといわれたほど短命であった。

栄養状態が悪く医学が未発達だったので、乳幼児の死亡率が異常に高かった。そのため女性は、なるべく早く結婚して、なるべく沢山の子供を生むことが求められたのだ。

前《さき》にあげた武士の〈成人式〉である元服が十五歳前後だから、現代のそれよりも、五年早いことになる。

庶民の男児は十歳くらいで、奉公人《ほうこうにん》――すなわち、商店の従業員の見習いになった。

公許の売春施設である吉原の遊女は、十四歳から客をとっていた。

これから考えると、この時代の人々の行動や心理を理解するためには、実年齢に五歳から十歳ほど上乗せしなければなるまい……。

武家の娘は、一般に結婚が遅かった。

その理由は、結婚費用の都合がつかないか、嫡子が幼くて元服していないかの、どちらかである。

嫡子にもしもの事があった場合、家を潰さないために、長女が婿をとらねばならないからだ。

沙絵が独身なのは、おそらく、後者の理由であろう。

「仮にも武士ともあろう者が、野良犬同然の名も知れぬ素浪人《すろうにん》の凶刃《きょうじん》によって、無残な最期を遂《と》げて果てたというのに……残された妻子が仇討ちをしないなどという事があって、良いものでしょうか！」

激情の赴《おもむ》くままに、そう言ってから、沙絵は、はっと狼狽《うろた》えて、

「も、申しわけもございませぬ。決して、御里様のことを……」

「詫びるまでもない」

炎四郎は、皮肉っぽく唇を歪めた。

「野良犬であることは、自分が一番よく知っている。そうなったには、それなりの理由があるのだが……」

片眉を上げて、

「それよりも、頼みというのを聞こうか」

沙絵は後ろにさがって、両手をついた。

「お願いでございます。御里様、父の仇敵《かたき》を討って下さいまし。辻斬りの下手人を、斬ってくださいましっ」

「そいつは、無理というものだ」

銚子《ちょうし》の清酒《すみざけ》を杯に注ぎながら、炎四郎は首を振る。

「先ほど、そなたが言った通り、下手人の名前も何も判っていない。手掛《てが》かりもなく、町奉行所でも捜し出せぬ者を、どうやって斬るのかね」

沙絵の目が光った。

「手掛かりは、ございます」

「ほう…………？」

「父は死に際に、地面に〈まつち〉と書き残しておりました」

「町奉行所の連中が知らない手掛かり、というわけだな」

「はい。下手人の名前かも知れませんし、店の屋号かも知れません。ですが、わたくしは、花川戸という場所柄からして、待乳山《まつちやま》のことではないかと思います」

「つまり、辻斬りの下手人は、待乳山近くに住んでいる者か、それに関係のある者……と沙絵殿は考えるのか」

「蜘蛛《くも》の糸のように頼りない手掛かりですが、わたくしは、これにすがりたいのでございます。御里様、これから一月、いえ……半月の間で結構ですから、毎夜、待乳山の辺《あた》りを見回っていただけませんでしょうか。これは……些少《さしょう》ではございますが、お礼の気持ちとして」

沙絵は、袱紗《ふくさ》の包みを炎四郎の前に置き、それを開いた。小判の包みがひとつ――二十五両だ。

「……」

驚いた風もなく、炎四郎は、その小判を眺める。

「病死の届けが受理された以上、今さら仇討ち願いを出すこともできず、母にも弟にも、その気持ちはありません。かといって、女の細腕では、返り討ちにあうだけ……仇討ち成就《じょうじゅ》の暁には、後金《あときん》として、同額をお渡しいたしますから、なにとぞ……」

「私とて、返り討ちにあうかも知れぬよ。何しろ、辻斬りは相当の手練《てだれ》者という話だからな」

「いいえ、御里様ならば大丈夫でございます。抜く手も見せずに、掏摸《すり》の指を斬り落とした、あのお腕前ならば！」

「あれを見ておられたのか」

「はいっ」

「……」

炎四郎は、視線を小判から沙絵の顔へ移して、

「沙絵殿。男の俺ァ、命賭けで辻斬りに挑《いど》むわけだが……」

急に伝法《でんぽう》な口調になって、彼は言った。

「女のお前さんは、何を賭けるのかね」

にやり、と嗤《わら》う。

「わ、わたくしは……」

沙絵は頬を赤く染め、顔を伏せた。

「男の命と同じくらい大切なものは、女の操《みさお》だろうな」

そう言って炎四郎は立ち上がり、沙絵の前に仁王立《におうだ》ちになった。着物の前を開いて、下帯《したおび》を緩《ゆる》め、己《おの》が逸物をつかみ出す。

何をする気か——と顔を上げた沙絵は、

「あっ」

男根を、まともに見てしまった。あわてて目を閉じ、沙絵は横を向いた。首筋に赤く血が昇ってゆく。

「仇討ちに賭ける覚悟のほど、見せてもらおうか。顔を背《そむ》けるな、目を開け」

「は……はい……」

おそるおそる、という感じで、沙絵は目を開いた。

炎四郎のそれは、巨《おお》きい。まだ休止状態であるのに、普通の男性の勃起時と同じくらいのサイズなのだ。

しかも、歴戦《れきせん》の強者《つわもの》である証拠に、黒々と淫水焼《いんすいや》けしている。

みつめる沙絵の目が熱っぽく潤《うる》み、ぽってりとした唇が自然と開く。

桃色の舌先が、興奮して乾いた唇を、しきりに舐めまわした。

「咥《くわ》えろ」

秀麗《しゅうれい》な顔に、冷たい微笑を浮かべて、炎四郎は命じた。

「そんなこと……」

「こうするのだ」

娘島田の髷《まげ》をつかむと、炎四郎は、その朱唇に肉茎をねじこんだ。濡れた温かい口腔粘膜がぬるりと男根を包む。

「う、う……」

逃れようする沙絵を、髷を押さえた炎四郎は許さず、

「舌をまわせ、しゃぶるのだ。歯を立てるなよ」

さらに強く命じた。

武家の女は、耐えがたい恥辱《ちじょく》に表情を歪めながらも、言われた通りにする。両手は、自然と男の腰にすがるような形になった。

「むふ……う……」

頬をすぼめて、おずおずと舌を使っているうちに、口の中の肉塊は次第に膨張してきた。

容積が増すのと並行して、硬度も増してくる。

熱く、長く、太く、硬いそれは、沙絵の唇からはみ出した。通常のものに比べて、

太さも長さも倍以上である。

まさに巨根だ。

口の中がいっぱいで、沙絵は舌を動かすことが出来ない。

炎四郎は、女の後頭部を押さえたままで、腰を前後に使った。

「ぐ……うぅ……」

ずぷっずぷっと卑猥《ひわい》な音をたてて、沙絵の朱唇に、唾液で濡れ光る長大な男根が侵入し、後退する。

女が苦しむのにも構わず、喉《のど》の奥まで突く。強制口姦《イラマチオ》だ。

沙絵の唇の端から、銀の糸を引いて唾液がたれ落ちた。

ずぼっ、と大きな音を立てて、炎四郎は剛根を女の口唇から引き抜いた。

それは、反《そ》りをうって急角度で、そそり立っている。猛々《たけだけ》しいほどだ。

特に玉冠部の発達が著《いちじる》しい。見事に笠が開いていた。

「はあ……」

片手を畳に突いて、川で溺れそうになったみたいに、沙絵は肩で息をついた。

「四《よつ》ん這《ば》いになりな」

そう言って、片膝立ちの炎四郎は、女を後ろ向きにした。

背中を、ぽんと押す。前のめりに両手を突いた沙絵の臀《しり》が、自然と持ち上がった。

炎四郎は、着物も肌襦袢《はだじゅばん》までも、捲《まく》り上《あ》げる。

水色の下裳《したも》に包まれた丸い臀が、見えた。

「ああっ！　厭《いや》です……こんな明るい所で……それだけは許して………」

裾を直そうとする沙絵を、

「動くなっ」

炎四郎は一喝《いっかつ》した。

薄物の上から、ゆっくりと臀を撫でる。肉づきのよい、豊かな臀であった。

「………」

沙絵は獣の姿勢のまま、震えていた。

その内腿に、つつ――っと透明な液体が流れ落ちる。

炎四郎は、下裳も捲り上げた。

白い艶《つや》やかな臀の双丘が、真昼の明るさの中に、剝《む》き出《だ》しになった。双丘の肉づきがよいので、背後の門は見えない。

臀の割れ目の下方には、濃い柔気に縁取《ふちど》られた紅色の花弁がのぞいている。

その秘処《ひめどころ》は、透明な蜜を満々と湛《たた》え、それが溢れて内腿まで濡らしているのであった。

二枚の花びらは、興奮に打ち震えている。

「口では厭だと言いながら、この濡れ具合はどうだ。まるで、男に餓えた三十後家のような好き色さだな、沙絵殿」

「そんな、ひどい……」

「ここも……見ろ、こんなに丸々と膨れ上がって……」

炎四郎は、肉粒を指で刺激した。

「ひいっ」

沙絵は身悶《みもだ》えした。

「嬲《なぶ》るのは、もうやめて……沙絵を、貴方様《あなた》のものにして下さいまし」

「俺が欲しいか」

「……はい」

「では、自分の手で臀を広げて、女の最後の隠《かく》し処《どころ》を見せてもらおうか」

「ひどすぎる……あまりにも、酷《むご》いご命令でございますっ」

沙絵は、臀を振った。

「では——これが要《い》らぬのだな」

黒光りする凶器の先端で、炎四郎は、濡れそぼった秘処を軽く突いた。

「くぅ……！」

沙絵の全身に、甘い漣《さざなみ》が走った。

「欲しいのだろう。では、臀の孔《あな》を開いて見せろ」

双眸《そうぼう》に、少しの情欲の色も見せずに、炎四郎は命ずる。

「こうでございますか……」

沙絵は、両手で臀の双丘を押さえ、左右に広げた。

谷間の奥に隠されていた菫《すみれ》色の後門《こうもん》が、男の眼前に、あからさまになる。その視線を肌で感じたかのように、後門は、ひくひくと収縮していた。

「ふむ……」

納得したように頷くと、炎四郎は、いきなり剛根で沙絵の花園を貫く。

「――っ！」

凄まじいほどの巨根に根元まで一気に貫かれて、沙絵は仰《の》けぞった。

その白い臀を両手で抱えると、男は突いて突いて、突きまくる。

「厭っ、駄目……もっと……こんな……ああ、凄い……そこ……うぐっ……巨きい……巨きすぎるぅ！」

沙絵は乱れた。

武家の慎《つつし》みも羞《は》じらいも忘れて、ただ一匹の牝犬となって臀を振り、悦声《よがりごえ》を上げる。

「なかなか美い《よ》声で、哭《な》くな……」

適度《てきど》に変化業《へんかわざ》を織りこみながら、炎四郎は、呟《つぶや》いた。冷酷な表情のままだ。

およそ四半刻《しはんとき》――三十分も責めまくると、沙絵は、息も絶え絶《だ》えという状態に陥《おちい》った。

「そろそろ、止《とど》めといくか」

炎四郎は、怒濤《どとう》のように腰を使う。

「ああ……あぁ〜〜〜〜〜〜っ‼」

沙絵の快楽曲線が急激に上昇し、ついに絶頂《クライマックス》に至った。

同時に、炎四郎の巨根が身震いして、白濁した溶岩流を放射する。

五体を痙攣《けいれん》させて、沙絵は失神した。その全身が、水をかぶったように、汗で濡れている。

炎四郎の方は、ほとんど汗をかいていない。

花孔の収縮を十分に味わってから、炎四郎は、男根を女の体内から引き抜いた。

洞窟のように開いたままの花孔から、濃厚な聖液《せいえき》と秘蜜《ひみつ》の混合液が、とろりと流れ出した。

身繕《みづくろ》いすると、女の後始末もしてやる。

「沙絵殿。そなたの頼み、この御里炎四郎が確かに引き受けた」

大刀を腰に落として、炎四郎は、そう言った。

それが聞こえたものか、無意識にか、白い臀を剝き出しにしたままの沙絵が、こくん……と小さく頷いた。

5

ふじ川を出た御里炎四郎は、大川沿いに歩いて、永代橋の袂《たもと》へ行った。通りかかった金魚売りに、茶汲女の死体が発見された場所を訊《き》く。

商家の塀の間に細い路地があり、その路地の前に、お松は倒れていたのだという。

下手人は路地にひそんでいて、通りかかったお松に声をかけ、足を止めたところを飛び出し、一刀のもとに斬り殺したのだろう。

犯行現場で、しばらくの間、炎四郎は何か考えていたが、午《うま》の中刻《ちゅうこく》――午後一時の鐘を聞くと、踵《きびす》をめぐらせて永代橋を渡った。

目指す人物を見つけたのは、堺町《さかいちょう》の中村座《なかむらざ》の前であった。

でっぷりと太った中年の侍で、矢鱈縞《やたらじま》の着流しに紗《しゃ》の黒羽織という姿だ。そばには、供の中間《ちゅうげん》と、目つきの悪い小男が控えている。

芝居小屋の木戸番《きどばん》の男が、しきりに黒羽織の侍に頭を下げていた。

「――黒田《くろだ》さん」

炎四郎が声をかけると、

「おお、お前さんかい」

大儀《たいぎ》そうに振り向いた侍は、南町奉行所の定町廻《じょうまちまわ》り同心《どうしん》・黒田鎌太郎《かまたろう》だった。まるで小娘のように色の白い男だが、鼻も口も目玉も大きくて、蔭《かげ》では〈黒蝦蟇《くろがま》〉と呼ばれ、庶民にも嫌われている。

「お役目ご苦労ですな。どうですか、そこらで暑気払《しょきばら》いに一杯」

「悪くないねえ」

鎌太郎は、扇子《せんす》で襟首のあたりを扇《あお》ぎながら、頷いた。

「梅雨が明けたのはいいが、こう陽射しが強くちゃ、見廻りも楽じゃねえぜ」

四人は少し歩いて、わりと大きめの居酒屋へ入った。

「喜多八《きたはち》、銀平《ぎんぺい》。何でも好きなものを、勝手にやってくれ」

炎四郎は、岡っ引と中間に、そう言った。

「いつもすいませんねえ、御里の旦那」

二人は、滑稽《こっけい》なほど何度も頭を下げる。

炎四郎と黒田鎌太郎が切り落としの座敷へ上がると、喜多八たちは、話の邪魔にならないように、入口の前の卓についた。

「む……こいつァいい酒だ」

運ばれて来た酒を、一口飲んで、鎌太郎は相好《そうごう》をくずした。

「そういえば、炎四郎。この前の女は、なかなかのもんだったぜ。貞淑《ていしゅく》そうな顔に似合わぬ、好き者でな。今でも、俺の背中に引《ひ》っ掻《か》き傷が残ってらあ。また、お願いしたいもんだな」

炎四郎は苦笑した。

「他人の女房は一口だけで箸《はし》を止めるのが、粋《いき》ってもんですよ、黒田さん」

「そういうもんかねえ」

「今度は、別の女をお世話しますから」

「うむ。こってりした年増の次は、何も知らないおぼこ娘も悪かねえな」

好色な笑みで、鎌太郎の頬は、はち切れそうになる。

「心がけておきましょう。ところで――」

銚子の酒を相手の杯に注ぎながら、炎四郎は話題を変えた。

「例の辻斬りの詮議《せんぎ》は、いかがですかな」

「それだよ」同心は、苦い顔になった。

「北と南の同心たちが、毎日駆けずりまわっているというのに、何の手掛かりも見つからない始末だ。急に金回りの良くなった浪人を、片っ端から調べているんだが、下手人らしい奴はいなかった。うちのお奉行なんか江戸城《おしろ》で、ご老中《ろうじゅう》に嫌味を言われたそうでな。頭が痛いよ」

「殺《や》られたのは、たしか八人でしたね」

さりげなく言ったが、鎌太郎の表情は変わらなかった。

「おう。最初のは、茶汲女でな――」

大いに飲み且《か》つ喰いながら、定町廻り同心は、事件の概要を一通り説明する。八人とも斬り方が違うというのは、興味深い。

「いくら梅雨の夜更《よふ》けで、人通りが少ないといっても、下手人らしい奴を目撃した者が、一人ぐらいいても、いいのだがなあ」

「黒田さん。現場は、ほとんど大川沿いですな。一件だけ、神田川沿いがあるが」

「それがどうした？」

「舟……じゃありませんかね」

同心のプライドを傷つけないように、炎四郎は、慎重な言い回しをする。

「こいつは素人考えだが、辻斬りの現場から猪牙舟《ちょきぶね》か何かで逃げれば、人目に立ちにくいでしょう。まして雨の夜だ」

「なるほどっ」

鎌太郎は、膝を叩いた。

何事か、と驚いたように喜多八と銀平が、こっちを見る。

「こいつは良い手掛かりをもらった。早速、船宿《ふなやど》を虱潰《しらみつぶ》しに当たってみよう。さすが、お江戸の暗黒街で事件屋として名高い御里炎四郎だな。大した読みだ」

「事件屋などと人聞きの悪い……私は、困っている人間を見ると、放っておけない因《いん》果《が》な性分でしてね。つい、助けてしまうんだ」

相手に調子を合わせて軽口を叩いたが、炎四郎の昏《くら》い眼差しに変わりはない。

「大札《たいまい》の礼金をもらって、か？　俺も、三十俵二人扶《ぶ》持《ち》の貧乏同心なんか廃業して、お前さんのように景気よく暮らしたいよ」

「その代わり、私には、盆暮に大名屋敷や旗本屋敷から何も届きませんがね……それで、黒田さん」

炎四郎は声を低めた。

「先月の十日頃に、急死した旗本がいるかどうか、調べてもらえませんかね。該当する者がいたら、妻子……特に娘がいるかどうか、名前や年齢、容貌なんかも、詳しく知りたいですな」

「そいつァお安い御用だが、何だい？　儲け話なら、俺《オイ》らも一口、乗せなよ」

炎四郎は、それには答えず、

「こいつは、ほんの煙草銭ですが……」

先ほど沙絵から受け取った二十五両から、五枚の小判を同心の袖に落とした。

「む……悪いな、いつも」

袖の中で小判の枚数を確認して、鎌太郎は、にやにやする。

「私は夜まで、根津権現《ねづごんげん》の塒《ねぐら》にいますから」

宝永三年に建立《こんりゅう》された根津権現の門前には、遊女屋《ゆうじょや》が林立していて、江戸でも有数の岡場所《おかばしょ》として賑わっていた。客筋は、大工などの職人が多い。

その遊女屋街の外《はず》れにある一軒家に、炎四郎は住んでいた。

生薬《きぐすり》問屋の主人と妾が凄惨《せいさん》な無理心中をした家なので、家主は、住んでくれるだけで有難いから、家賃はいらないと言う。

炎四郎は一人暮らしだ。

三日に一度、お竹《たけ》という通いの婆さんが来て、掃除や洗濯、食事の用意などをしてくれる……。

「わかった。同心部屋には、そういう事の生き字引のような爺様がいるからな。日暮《ひぐれ》までに、喜多八を報告に行かせるよ」

「では――」

炎四郎は四人分の勘定を払って、表に出た。

6

酔《よ》い醒《ざ》ましに炎四郎が、ゆっくりと足を進めて上野広小路《うえのひろこうじ》まで来ると、三橋の前に人だかりがしている。

野次馬の肩越しにのぞいて見ると、十代後半の若者が、三人組の酔った中間《ちゅうげん》に袋叩きにあっていた。

「この盗人《ぬすっと》め、掏摸《すり》野郎めっ」

「二度と悪さできねえように、両腕をへし折ってやろうかっ」

熟柿《じゅくし》の臭いをさせた中間どもは、喚《わめ》きながら若者を足蹴《あしげ》にする。

「俺《オイ》らは掏摸なんかじゃねえっ」

鼻血を流しながら、若者も負けずに喚いた。

「てめえらが、安酒喰らって、勝手に俺らにぶち当たって来たんじゃねえか。ふざけるねえっ」

「この餓鬼《がき》っ」

年嵩《としかさ》の中間が、若者の右腕をねじり上げた時、

「待て」

野次馬を割って、炎四郎が止めに入った。

「あっ、御里の旦那！」

若者が、嬉《うれ》しそうに叫ぶ。

「こいつは、私の知り合いだ。何をしたか知らんが、これで勘弁《かんべん》してやってくれ」

炎四郎は一分金を二枚、差し出した。それを受け取った年嵩の中間は、

「どうもすいませんね、事件屋の旦那。お噂は、かねがね……」

騒ぎが収まったと知った野次馬たちは、がっかりして散って行った。

「立てるか、新吉《しんきち》」

「へえ……」

新吉と呼ばれた若者は、顔をしかめながら、立ち上がった。

「けっ、何が事件屋でえっ」

大男の中間が、仲間が止めるのも聞かずに吠《ほ》えた。

「たかが島帰《しまがえ》りのくせに、でかい面《ツラ》するんじゃねえや！」

吠えながら、背後から炎四郎につかみかかる。

御里炎四郎の両眼に、ぎらっと蒼《あお》い焔《ほのお》が走った。

新吉たちが、銀色の閃光《せんこう》を見たと思った瞬間、大男の右腕が付根から切断されて、宙に飛んだ。どさっ、と数間先の橋板の上に落ちて転がる。

躯のバランスを崩して左側に倒れた大男は、右肩の切断面から迸《ほとばし》る血潮《ちしお》を見て、悲鳴も上げずに気を失った。

仲間の中間たちは、血止めすることすら思いつかずに、唖然《あぜん》として立ちすくんでいる。

懐紙で拭った大刀を納めると、炎四郎は後も見ずに歩き出す。その顔は、鋼《はがね》を刻んだ仮面《かめん》のように無表情であった。

「ま、待っておくんなさい！　旦那！」

あわてて、新吉は彼の後を追う。しばらく歩いてから、炎四郎は、

「――新吉、お前には掏摸の見込みがない。早く足を洗って、畳職人の親方のところへ帰れと言っただろう。今度、失敗したら、ただでは済まんぞ」

振り向きもせずに言った。彼の背後の新吉は、鼻の頭を掻きながら、

「畳職人なんか詰《つ》まんねえよ。俺らは、ぱりっと粋に生きて、粋に死にてえんだ」

「粋かどうかはわからんが、早死《はやじ》にすることだけは確かだな。今のような生き方をしていたら」

炎四郎は辛辣《しんらつ》に言う。

新吉は、彼にすがるようにして、

「ねえ、旦那っ。何か、俺らに出来ることはありませんか。御里の旦那の役に立ちた

いんだよ」

「……そうだな」

少し考えてから、炎四郎は言った。

「今日の昼に、両国橋で俺に仕事をしようとした掏摸が、誰に頼まれてやったのか、調べてくれ」

「旦那の紙入れを抜こうとしたァ？　大馬鹿野郎ですね、そいつは」

「両手の指を、全部なくしているから、すぐにわかるはずだ」

「へ……」

まだ子供の面差《おもざ》しを残した新吉は、蒼白《そうはく》になった。

「それと……坂町のふじ川という料理屋の下男の太十《たじゅう》に、女の行き先を聞いといてくれ。後を尾行《つけ》るように、頼んでおいたのだ。俺は、夜まで塒にいるから」

炎四郎は、一分金を背後に弾き飛ばす。

「任しといておくんなさいっ」

金を受け止めた新吉は、脱兎《だっと》の如《ごと》く走り去った。

7

その夜、御里炎四郎は、待乳山の麓《ふもと》にある聖天宮《しょうてんぐう》表門の前に立っていた。

亥《い》の中刻――午後十一時ごろである。

鎌のように細い三日月が、夜空に浮かんでいた。

名前の通りに元は大きな松山であった待乳山が、今は高さ十メートルにも満たない丘になってしまったのは、元和《げんな》六年に日本堤《にほんつづみ》を築くために、大量の土を削りとったからだという。

秘仏・大聖歓喜天《せいせいかんぎてん》を本尊とする待乳山聖天宮は、江戸の聖天宮の中で第一の霊跡《れいせき》といわれていた。

頂上の本社の前には、元禄《げんろく》十年に建立された戸田恭光入道茂睡《とだやすみつにゅうどうもすい》の歌碑があり、『あはれとは夕越えて行く人も見よ　まつちの山にのこすことのは』と刻まれている。

山の背後は、新吉原《しんよしわら》から延びる音無川《おとなしがわ》が大川へ流れこむ河口の、山谷堀《さんやぼり》だ。

待乳山の付近は吉原遊廓への通り道だから、金に困った浪人が辻斬りを働くには、絶好の場所といえる。

――陽が暮れるまで根津門前町の家で仮眠していた炎四郎は、黒蝦蟇同心の手下である岡っ引の喜多八の声で起こされ、報告を聞いた。

喜多八に小粒銀を渡して帰すと、それと入れ替わるように、掏摸見習いの新吉がやって来た。

新吉の報告を聞いた炎四郎は、彼と一緒に、お竹が作っておいてくれた夕食をとった。

食後に、黒田鎌太郎への手紙を書き、新吉に、元大坂町《もとおおさかちょう》の町方同心組屋敷へ届けてくれるように頼んだ。

新吉が出て行くと、しばらくの間、炎四郎は腕組みして何事か考えこんでいた。

それから、ゆっくりと二刀の手入れを始めた。

夜も更けて、亥の上刻になってから、ようやく炎四郎は腰を上げ、待乳山へやって来たのである……。

麓の町を一周して、表門の前へ戻って来た炎四郎は、「さて……」と呟いて、今戸《いまど》橋《ばし》の方へ歩く。提灯は下げていない。

今戸橋の袂を、右へ曲がった。

そこが山谷堀の入口で、目の前に黒々と大川が流れている。川風が心地よい。

背後から、何者かの押し殺した足音が追って来るのを感じながら、炎四郎は、河口に沿って右へ曲がる。

左手に大川を見ながら、懐手《ふところで》で歩くと、そこに桟橋《さんばし》があった。

竹屋《たけや》の渡《わた》しといって、対岸への渡し船が出る所だ。今も、数隻の小舟が舫《もや》ってある。

桟橋の脇には葦簾《よしず》がけの茶屋が、反対側には石造りの常夜灯が立っていた。

炎四郎は、その桟橋の前で立ち止まった。

足音の主《ぬし》が、五間ほどの距離に接近したところで、いきなり、振り向く。

「！」

白い麻の小袖に藍の袴という姿の、小柄な若侍が、ぎくりとして立ち止まった。

常夜灯の黄色い光に照らされた卵型の顔は強《こわ》ばっているが、人形のように目鼻立ちが整っていた。

美しいが、眉毛《まゆげ》がはね上がっていて、いかにも癇《かん》の強そうな、険《けわ》しい顔立ちである。

ひどく大きな目をしていて、その茶色っぽい瞳には、緊張が漲《みなぎ》っていた。

月代《さかやき》を剃らずに、旋毛《つむじ》のあたりで束ねた黒髪を、背中に長く垂らしている。

前髪が、半月のような形で一房ずつ、両の眉の上に落ちていた。

「――私に何か用かな」

懐から両手を出した炎四郎が、そう問いかけると、

「つ、辻斬りめ！　覚悟っ！」

甲高い声で叫びながら、若侍は大刀を抜き放った。正眼《せいがん》に構える。

「女か……」

炎四郎は、眉をひそめた。美少年と見えたのは、男装した娘だったのである。

「勘違いは迷惑だな。私は、辻斬りなどではない」

物憂《ものう》げな口調で、炎四郎がそう呟くと、

「黙れっ」叩きつけるように、娘は言った。

「最前《さいぜん》から見ていれば、其《そ》の方《ほう》は、かかる夜更けに往来の絶えた通りを、およそ四半《しはん》刻《とき》も所在《しょざい》なげに徘徊していたではないか。吉原の客目当ての辻斬りでなくて、一体、何だというのだ！」

「……………」

「僅《わず》かな金品のために八人もの命を奪った、憎き奴！ 伊志原薫《いしはらかおる》が成敗《せいばい》してくれるっ」

「伊志原……？ 市ケ谷に直心流《じきしんりゅう》の伊志原道場があって、そこに〈鬼姫《おにひめ》〉とか〈女《め》天狗《てんぐ》〉とか呼ばれている剣術狂いの娘がいるとは聞いたが……お主が、そうか」

十八歳の伊志原薫は、柳眉《りゅうび》を逆立てて、

「女が剣を学んでは、いかんと言うのかっ」

「別に。何時《いっ》いかなる場所にても、腸《はらわた》をぶち撒けて死ぬ覚悟さえあれば、女だろうが百姓だろうが、好きなだけ刀を振りまわせばよかろう」

抑揚《よくよう》のない声で、炎四郎は言った。鬼姫の両眼に、憤怒《ふんぬ》の炎が燃え上がる。

「腸をぶち撒けるのは、貴様だっ！」

距離を詰めると、伊志原薫は大上段に振りかぶって、裂帛《れっぱく》の気合《きあい》とともに炎四郎に斬りかかった。

鋭い一撃であったが、炎四郎は苦もなくこれを躱《かわ》して、娘の水月《すいげつ》に拳を突き入れる。

「う……」

短く呻《うめ》いて、薫は失神した。

前のめりに倒れかかる娘の軀を、炎四郎は肩へ担ぎ上げ、地面に落ちた剣を拾った。

葦簾がけの茶屋は、無人であった。炎四郎は、その中に薫を運びこみ、縁台を二つ並べた上に、寝かせる。

気を失った薫の顔からは、険しさが消えて、穏やかな娘らしいものになっていた。

「……」

炎四郎は、薫の袴の帯を解き、これを取り去った。

下帯《したおび》ではなく、膝の上までしかない白の下袴《したばかま》をつけている。

それも、脱がせた。

葦簾から洩れる黄色い細縞の光に、男装娘の下半身が露わになった。

秘毛は薄く、亀裂の上部に、ほんの一叢《ひとむら》はえているだけだ。

伸びやかに発達した下肢《かし》を大きく広げて、秘処を見ると、ぴたりと桜色の花弁が閉じている。

炎四郎は、その花びらを指で押し広げて、内部の色艶を確認した。

花弁の上部に位置する肉粒は、まだ姿を見せてはいない。

その花びらの新鮮な形状と、指一本しか挿入できない花孔の狭さからして、この男装の娘は間違いなく処女であろう。

臀の双丘を広げて、美しい形をした後門も眺める。

襟元を広げると、まだ硬く小さいが、形の良い乳房が剝き出しになった。先端の色も淡い。

それから、炎四郎の指が、花園に微妙な愛技を加えると、そこは次第に、熱く潤んで来た。

透明な愛の果汁が割れ目から溢れて、蟻《あり》の門渡《とわた》りをつたい、背後の門まで濡らした。

「ん……」

意識のないまま、伊志原薫は、甘い溜息《ためいき》を洩らす。

皮のヴェールを被《かぶ》っていた肉の真珠が、ピンク色に膨れ上がって顔をのぞかせると、炎四郎は着物の前を開いて、娘に覆《おお》いかぶさった。

灼熱の剛根で、強引に未踏の花園を貫く。

「ひぃ……っ⁉」

途端に、薫は覚醒《かくせい》した。

己《おの》れの恥部を引き裂く激痛と、間近にある男の顔を見て、信じられないという表情になる。

「俺を斬ろうとして、お主は敗れたのだ。女子供を斬る剣は持たぬが、生命の代わりに貞操《ていそう》を貰うぞ」

冷たく言い放って、炎四郎は娘の胸乳《むなぢ》を揉《も》みしだきながら、律動を開始した。

「い、痛いっ」

薫は彼を突き飛ばそうともがくが、生まれて初めての激痛と強い羞恥の感情が、四肢《し》の力を奪っていた。

「……厭《いや》っ……堪忍《かんにん》して……っ！」

弱々しく喘《あえ》ぐ娘武芸者を、炎四郎は、冷酷に犯す。

ずっずっずっ……と黒光りする巨根が、破華《はか》の血がにじむ亀裂に勢いよく出没する。

さすがに鍛えた若い肉体だけあって、薫の花孔は強烈な締め具合だ。

「う、うぅ……」

唇を噛んで苦痛に耐える薫の、固く閉じた双眸《そうぼう》から、ぽろぽろと大粒の涙が溢れ出た。

炎四郎は、娘の両足を肩に担ぎ上げ、屈曲位の姿勢をとる。

薫の太腿を両腕で抱え、凶器の挿入角度が深くなったところで、炎四郎は、力強くラストスパートをかけた。

ややあって、奥の院に叩きこむように、濃厚な聖液《せいえき》を大量に放射する。

「〰〰〰っ！」

薫は、白い喉を見せて仰《の》けぞった。

しばらく破華余韻を味わってから、炎四郎は柔らかくなった凶器を、男装の娘の体内から引き抜く。

血まみれだ。炎四郎は、懐紙で自分のものの後始末をする。

それから、死んだように動かない薫の秘処も拭い、下半身に小袖の裾をかけてやった。

炎四郎は身繕いをすると、非情な声で、

「俺の名は、御里炎四郎。根津権現の門前町で訊けば、俺の塒は、すぐにわかる。いつでも、意趣返しに来るがいい」

凌辱《りょうじょく》の嵐は過ぎ去ったが、半裸の伊志原薫は、虚《うつ》ろな目で茶屋の天井を見つめているだけであった。

――その時、断末魔の悲鳴が夜気《やき》を引き裂いた。

「ちっ」

炎四郎は、素早く大刀を腰に落とすと、男装の娘をその場に残して、外へ飛び出した。

見ると、石造りの常夜灯のそばに、朱《あけ》に染まった初老の町人が倒れている。その脇には、血刀《ちがたな》を下げた武士が立っていた。

三十代初めであろうか、がっしりとした体格で、身形《みなり》からして旗本と見える。

「貴様が噂の辻斬りだな」

炎四郎が問うた。

「いや……お前が辻斬りになるのだ。辻斬りとして、わしの手に——柿沼正之介《かきぬましょうのすけ》の手にかかって果てるのじゃ」

男は陰惨《いんさん》な目で、炎四郎を睨《にら》みつける。

「やはり、そういう筋書きか。だが……死に果てるのは、どっちかな」

炎四郎は、ゆっくりと抜刀した。右八双《はっそう》に構える。

正之介は刀を拭うと、鞘に納めた。柄に手をかけて腰を落とし、待ちの姿勢になる。

「居合《いあい》か……」

炎四郎は間合《まあい》を詰めると、正之介の左肩めがけて、斜めに振り降ろした。

電光の迅《はや》さで抜き放った正之介の大刀が、炎四郎のそれを弾き上げる。

そして、返す刀で相手を斬り下げる——はずであった。

が、それよりも迅く、炎四郎は、正之介の剣を横に払う。

大刀が、正之介の手から、吹っ飛んだ。

「っ！」

脇差《わきざし》を抜く、その僅かな時間《とき》を稼ぐために、正之介は常夜灯の蔭に隠れる。

次の瞬間、信じられないことが起こった。

炎四郎の豪剣《ごうけん》が、石の常夜灯ごと正之介を袈裟懸けに切断したのだ。

「この業《わざ》は、鹿島神道流《かしましんとうりゅう》の奥義〈地蔵斬《じぞうぎ》り〉か……貴様は一体……」

そこまで言った時、柿沼正之介の左肩から右脇腹にかけて、赤い線が走った。

赤い線から爆発的に鮮血がしぶき、斜めに切断された正之介の上体が、地面に落ちる。

同時に、常夜灯の上部も地面に転がった。

次いで、正之介の下半身も倒れて、地べたに原色の腸をぶち撒ける。

鹿島神道流の達人・平井八郎兵衛《ひらいはちろべえ》は、上州《じょうしゅう》で多数の敵に襲われた時、石の地蔵ごと相手を斬り倒した、という。

これが平井〈地蔵兵衛《じぞうべえ》〉の渾名《あだな》の由来で、この業を地蔵斬りと呼ぶのであった。

炎四郎が納刀した時、暗がりに隠れていた沙絵が、震えながら姿を見せた。

血の気の失せた顔は、紙のように白くなっている。

「沙絵殿。父上の仇討ちが成就したというのに、あまり嬉しくなさそうですな」

狼のように凄味のある嗤いを浮かべて、炎四郎は嘲笑《あざわら》った。

「沙絵……いや、柿沼沙紀《さき》殿。小普請《こぶしん》だった兄上が、此《こ》の度《たび》、書院番《しょいんばん》入りが決まった。しかし、退屈しのぎにやっていた辻斬りの事がばれたら、お役入りどころか、お家の破滅だ。そこで、金で何でも請け負う馬鹿な野良犬に偽《にせ》の仇討ち話を持ちかけ、辻斬りの身代わりに仕立てようとした……全く、大した悪知恵だぜ」

「う……」

沙紀は呻いた。

喜多八の報告では、先月死んだ旗本は、馬場で馬に額を蹴り割られた者一人だけで、それも大勢の目撃者がいるという。

その旗本の子供は、二十一歳の嫡男《ちゃくなん》だけだ。

そして、新吉の報告では、両国橋の男は、美しい武家の女に三両の礼金で炎四郎の紙入れを抜けと命じられたのだそうだ。

さらに、ふじ川の下男が沙絵を尾行したところ、千二百石の旗本・柿沼家の屋敷へ入って行ったという……。

「な、なぜ、罠だとわかったの？」

「未婚の、しかも父親の仇討ちを討とうとする健気《けなげ》な女が、男を知っているどころか、媾合《こうごう》の味を知り尽くしているってのは、奇妙じゃねえか。お前さんの軀は、ずいぶんと熟れていたぜ。柿沼の妹というのは、淫婦《いんぷ》として、旗本の間では有名だそうだな」

「……」

「それに、俺が掏摸の指を斬り落としたのを見たというのも、おかしな話さ。お前さんは、あの時、橋の上にはいなかった。袂にいたとしても、五十間も離れた場所から、そんな細かいことがわかるものかね」

遠くから、呼子笛《よぶこぶえ》の音が聞こえた。炎四郎は軽く頷いて、

「どうやら、町方同心殿がやって来たようだな」

「斬れ！」沙紀が叫んだ。

「もはや、生きていても恥をさらすばかりじゃ、私を斬るがいいっ！」

「女は斬らないことにしている……極楽《ごくらく》へは送ってやるがな」

不敵《ふてき》な笑みを浮かべて、炎四郎は、女に背を向けた。

沙紀は、兄の大刀を拾い上げて、

「島帰りなどに、憐れみをかけられる覚えはないっ！」

喚きながら、炎四郎の背中に突きかかる。

炎四郎の瞳に、蒼い焔《ほのお》が走った。

さっと右横へ移動して、沙紀の突きを躱《かわ》した。目標を失った女は、勢い余って、数

間先で立ち止まる。

憎悪に歪んだ醜い顔のまま、その首が、どさっと地面に落下した。

切断面から、ぴゅっぴゅっと血潮を飛ばしながら、沙紀の軀が倒れる。

炎四郎は、鋭く血振《ちぶり》すると、拭いをかけてから納刀した。

「後金《あときん》の二十五両を、貰いそこねたな……」

そう呟いて気怠げに歩き出した御里炎四郎の顔は、人の心を捨て去ったが如《ごと》く、鋼《はがね》の仮面のように無表情であった。

事件ノ二　牝犬の罠

1

「ねえ、旦那……」

男の広く逞《たくま》しい胸をまさぐりながら、お梶《かじ》は訊《き》いた。

「どうして、いつも、そんな昏《くら》い目をしていらっしゃるんです」

「……」

夜具《やぐ》に仰臥《ぎょうが》した御里炎四郎《みさとえんしろう》は、何も答えずに、切れ長の目を天井に向けている。

二十代半ばであろうか。月代《さかやき》を伸ばしているが、垢《あか》じみたところは全くない。細面《ほそおもて》で、非常に整った顔立ちだが、甘さは微塵《みじん》もなく、唇は真一文字に引き結ばれている。

「まるで、世の中の汚いもの、醜いものを一つ残らず見ちまったような、昏い哀しそうな目……でも、女は、そういう目に弱いんですよ……」

お梶は、そう言って髷が解けてしまった頭を起こすと、炎四郎の胸に唇を押しあてた。

二人とも、一糸まとわぬ全裸である。

お梶は、胸も臀も豊かだった。肌も荒れていない。その所作《しょさ》には、堅気《かたぎ》の女にはない艶《つや》のようなものがあった。

先ほどの激しい一戦で乱れた髪が、汗で濡れた彼女の額に貼りついている。

今日も晴れた暑い日だが、庭の方から涼しい風が入って来ていた。

そこは石原《いしはら》町にある小綺麗《こぎれい》な一軒家の寝間で、お梶にこの家を買ってくれたのは、浅草《あさくさ》の油問屋の隠居だ。

お梶は、下谷広小路《したやひろこうじ》の料理茶屋の仲居をしていたのだが、二年前、親戚の法事の帰りに店に上がった隠居が、彼女に一目惚れして、ここに囲ったというわけだ。

七十近いその隠居は、年齢のわりには歯も目もしっかりしていたが、さすがに男性機能の方は衰えている。

囲った当初は、老人も交合が可能だったが、最近では、月に一度か二度、妾宅《しょうたく》を訪れ、お梶の豊満な肉体を弄《いじ》くりまわすだけで、満足して眠ってしまう。

若い女体と同衾《どうきん》するだけで、その精気を吸収したような気分になるのだろう。

しかし、夜の更けるまで、指と舌と筆先まで使った旦那の執拗《しつよう》な愛撫を受け、中途半端に火をつけられたままで放っておかれるお梶の方は、たまったものではない。

男性経験も豊富で、熟れた健康な肉体を持つ二十四歳の女が、こんな蛇の生殺《なまごろ》しのような状態で、いつまでも我慢できるわけがなかった。

今年の春、旦那と向島《むこうじま》の花見へ行った時に使った船宿の、太市《たいち》という若い船頭が、お梶の目を引いた。

太市は、船頭らしからぬ色白の男で、役者上がりのような、妙な崩れた色気がある。

数日後に、お梶は一人で船宿へ行き、太市に屋根船を出させた。

そして、向島堤の人けのない場所に船を繋《つな》がせ、中の座敷で彼と寝たのである。

年下のくせに、太市は巧者《こうしゃ》であった。

飢え切っていたお梶は、あられもない悦声《よがりごえ》を上げ、色情狂のように臀を振って、老人の萎《しな》びたままのものとは比較にならない太市の男根を貪《むさぼ》った。

二回戦まで行なって、たっぷりと堪能したお梶は、男に一両を握らせた。

一度だけの火遊びで済ませたつもりだったが、しかし、太市は悪党だった。

銚子《ちょうし》の漁村に生まれ、漁師になるのを嫌って十四歳の時に故郷を出奔《しゅっぽん》、旅芝居の一座に潜りこみ、そこでおぼこ娘や玄人女《くろうとおんな》を喰いものにする方法を学び、閨房《けいぼう》の業を磨いたという、筋金入《すじがねい》りの碌《ろく》でなしなのだ。

太市は、旅芝居一座を飛び出して江戸へ来ると、鴨《かも》を捜すために、船宿の船頭になっていたのである。

そんな網にまんまと引っ掛かったのが、お梶というわけだ。

名前も何も教えなかったのだが、太市は、翌日には、お梶の住居《すまい》へやって来た。

驚いたお梶だったが、弱みのある彼女は、男を追い返すことが出来なかった。

下女《げじょ》にいい加減な用事を言い付けて外へ出すと、五枚の小判を太市の前に並べて、これで全て忘れてくれと頼んだ。

しかし太市は、にやにや笑いながら、「俺ァ、小判よりも姐《ねえ》さんの情けが欲しいのさ」と言って、お梶の手を引き寄せた。

そうなると、熟した女の軀は正直なもので、口では厭《いや》だと言いながら、昨日の快楽を思い出して、早くも秘処《ひめどころ》には愛露《あいろ》が宿っていたのである。

いつ下女が帰宅するかわからない、不意に旦那が訪れるかも知れない――そういうスリルに味付けされてか、お梶は、前日以上に燃え狂った。

江戸時代の刑法は、妻にだけ、一方的な貞節を要求している。

夫は浮気のし放題だが、たとえ妾であっても、旦那のある女が男と寝れば、これは人妻の不義密通《ふぎみっつう》と同様に扱われ、男女とも死罪というのが定めだ。

しかも、旦那の留守に間男《まおとこ》を家に引っ張りこみ、下女を追い出して媾合したというのでは、いかなる弁解も通用すまい。

拒めば死罪覚悟で二人の仲を旦那にばらすと脅かされて、お梶は、ずるずると太市との関係を続けることになった。

それに、若々しい太市の〈男〉が魅力的であることは、否定できない。

彼の精力的な閨房術に年増《としま》女の肉体が虜《とりこ》になった頃を見計《みはか》らって、太市はお梶に本心を打ち明けた。

彼女が太市の種《たね》で妊娠したら、旦那を殺し、生まれた子供は隠居の子として、財産分《わ》けを要求しようというのである。上手《うま》く行けば、店ごと乗っ取るつもりだ。

この企《たくら》みを聞かされて、さすがにお梶は怖くなった。

しかし、隠居に事情を話せば、自分の不倫がばれてしまう。太市の言うままに動けば、旦那殺しの片棒を担ぐことになる……そこで、お梶は、第三の方法を選んだ。

江戸の暗黒街で〈事件屋〉として名高い浪人者・御里炎四郎に、十両の前金で解決を依頼したのである。

炎四郎は、太市に、今度の犯罪計画の仲間がいないことを確認した上で、彼を深川《ふかがわ》十万坪に呼び出した。

腕の一本も折ってやれば、尻尾を巻いて江戸から逃げ出すだろうと炎四郎は思っていたのだが、顔を合わせるが早いか、太市は匕首《あいくち》を抜いて突きかかって来た。

こうなれば話し合いの余地はないから、炎四郎は、抜き打ちで小悪党を斬って捨てた。

死骸は身元がわからないように素っ裸にして、船に乗せ、江戸湊《えどみなと》の外で重石《おもし》をつけて捨てさせたから、もはや人間の目に触れることはあるまい。

こうして仕事を済ませた炎四郎は、お梶の家へ後金の十両を受け取りに来て、彼女となるようになってしまったというわけだ。

――女の唇は、軟体動物のように唾液の跡を残しながら、炎四郎の下腹へと移動した。

長身瘦軀《そうく》の炎四郎だが、裸になると、全身が鞭《むち》を束ねたような強靱《きょうじん》な筋肉に覆われているのがわかる。

下腹部にも、くっきりと筋肉が浮かび上がり、深い影を作っていた。

お梶は、そこの密林に頰ずりしながら、男の生殖器を柔らかく両手で摑《つか》む。

巨《おお》きい。

先ほど第一戦が終了して、休止状態にありながら、普通の男性の勃起時と同じくらいのサイズなのだ。

女が両手で摑んでも、まだ、余っていた。しかも、百戦錬磨の強者《つわもの》である証拠に、どす黒く淫水《いんすい》焼《や》けしている。

柔らかい肉の柱に顔を近づけると、男の聖液《せいえき》と女の秘蜜《ひみつ》がブレンドされた背徳的な匂いがした。

「いいわ……わたし、この匂いが好きなの……」

目を潤ませて、お梶はそう言うと、先端の切れ込みを舌先で突ついた。そこに溜まっている透明な露を、音を立てて吸う。

「美味《おい》しい……」

うっとりとした表情で、お梶は言った。

そして、唇と舌を駆使して、熱心に男根に奉仕する。

その甲斐《かい》あって、炎四郎のものは逞しく屹立《きつりつ》した。

熱く、長く、太く、硬い。通常のものに比べて、全長も直径も倍以上ある。

伸び切った皮膚の表面が艶々と黒光りしていた。

「凄《すご》いわ……あの太市のも大きかったけど、旦那のとは比べものにならないっ」

嬉しそうに言ったお梶だが、すぐに不安そうな顔になって、

「――あいつ、本当に戻って来たりしないでしょうか」

「たっぷりと痛めつけて、散々脅かしてやったからな。二度と江戸の土を踏むことはあるまいよ」

炎四郎は、天井を見上げたままで、そう呟いた。

お梶には、太市は、僅《わず》かな路銀《ろぎん》を与えて江戸から追い出した――と説明してある。

太市が死んだと言って、お梶を怯《おび》えさせても無意味だし、それに、わざわざ自分のやった事を他人に知らせる必要もない。

この世の中、いつ、誰が、どういう理由で裏切るか、わかったものではないからだ。

「本当ね。ああ……あたし、ご恩返しに、何でもしてあげるわ」

お梶は、ゆっくりと剛根をしごき立てる。

「旦那の命令どおり、牝犬みたいな羞《はず》かしい真似《まね》でも、何でもします。最低の淫売みたいに、玩具《おもちゃ》にしてちょうだい。ね、旦那……」

「恩返しは、今日限りにしてもらいたい。俺が太市の後釜《あとがま》になったのでは、何のために姐《ねえ》さんの相談にのったのか、わからんからな」

炎四郎は苦笑いした。その時、

「え――、御免《ごめん》なさい。こちらに、御里の旦那はお居《い》でじゃございませんかっ」

玄関の方から、若い男の声がした。

「あらっ」

あわてて、お梶は、肌襦袢《はだじゅばん》をまとった。

炎四郎は、意志の力で、男根の硬直を解いた。むっくりと起き上がり、身仕度《みじたく》をする。

大刀を左腰に落としながら玄関へ出ると、十七、八歳の若者が、ひょいと頭を下げた。

お梶は、身仕度が間に合わないのか、これからという時に邪魔されて不貞腐《ふてくさ》れているのか、出てこない。

「新吉《しんきち》、よくここがわかったな」

草履《ぞうり》を引っ掛けながら、炎四郎がそう言うと、

「へへへ。もう、蛇《じゃ》の道は何とかかってやつでして……」

掏摸《すり》見習いの新吉は、頭を掻《か》いた。

彼は、事件屋・御里炎四郎の一番の乾分《こぶん》を自称している。

「何か急用か」

「へい」新吉は、声をひそめて、

「実ァ、十文字屋《じゅうもんじや》の旦那が至急、お会いしたいってことで――」

2

江戸の書籍版元《はんもと》で三本の指に入るという十文字屋六右衛門《ろくえもん》の店は、堺町にある。

出版業は、江戸時代初期に京や大坂で発達し、ベストセラー作家・井原西鶴《いはらさいかく》の登場によって一大ブームとなった。

そして江戸では、やや遅れて元禄《げんろく》ごろに、上方本《かみがたほん》とは別のオリジナル商品〈赤本《あかほん》〉によって盛んになった。

赤本とは、赤い表紙の絵草紙《えぞうし》のことで、子供向けのものである。

これを、歌舞伎物などの大人向けの内容にして出版し、大当たりをとったのが十文

字屋であった。

その店の離れ座敷に通された御里炎四郎が、手入れの行き届いた庭を眺めていると、

「お待たせいたしました、炎四郎様」

夏羽織《なつばおり》を着た、主人の六右衛門が入って来た。

中肉中背で、四十代後半の、実直そうな顔立ちの男である。

「わざわざお呼びたていたしまして、まことに申し訳ございません」

下座《げざ》に座って、頭を下げた。

「遠慮するな」

炎四郎は静かに言う。

「十文字屋。お主に声をかけられれば、いつでも、俺は駆けつける。それだけの恩義《おんぎ》があるのだから」

「恩などと、そんな事をおっしゃられては困ります」

「事実だ。お主からの見届物《みとどけもの》がなければ、俺は今ごろ、八丈島《はちじょうじま》の土になっていただろう」

「しかし……幼い炎四郎様が八丈送りになり、また父上が刑死された責任の一端は、この十文字屋にあるのでございますから……」

六右衛門の顔が、苦渋《くじゅう》に歪《ゆが》んだ。

「よせっ」

鋭く、炎四郎は言い捨てる。

「過ぎたことだ。俺は……もう、忘れたよ」

偽《いつわ》りであった。

あの八丈島における地獄の十五年間の体験は、御里炎四郎の魂の根底までも蹂躪《じゅうりん》し尽くし、その深い疵跡《きずあと》は決して消えることも癒《いや》されることもない。

高田馬場《たかだのばば》で、中山安兵衛《なかやまやすべえ》が村上庄兵衛《むらかみしょうべえ》一党を倒し、伯父の仇敵《かたき》を討った翌年の元禄八年――西暦一六九五年、五代将軍・徳川綱吉《つなよし》の治世である。

その年の八月――炎四郎の父である御里城太郎《じょうたろう》は、町奉行所の者に捕縛《ほばく》された。

浪人である城太郎は、両国《りょうごく》の長屋で、九歳になる息子の炎四郎と二人暮らし。近所の子供に読み書きを教えて、生計を立てていた。

物静かで博学で面倒見がよく、周囲の人たちからも尊敬されていた城太郎が、捕縛されたのは、将軍の非を弾劾《だんがい》する檄文《げきぶん》を書いたからである。

当時、将軍綱吉の〈生類憐れみの令《しょうるいあわれみのれい》〉が日本中の人々を苦しめていた。

将軍の生母である桂昌院《けいしょういん》の信任厚い祈禱僧の隆光《りゅうこう》が、「上様《うえさま》にお世継《よつぎ》ができないのは、前世で殺生《せっしょう》を重ねられたからである。動物を大切に、特に上様は丙戌《ひのえいぬ》年のお生まれなれば、犬を大切にされることが功徳《くどく》。さすれば、お世継も授かり、上様もご長寿を得られましょう」と進言し、これを妄信《もうしん》した綱吉は、犬を人間の上位に置くという暴挙を行なったのである。

それは、世界史にもほとんど類を見ないほど愚劣で苛酷な悪法であった。

犬を斬った町人は獄門《ごくもん》となったし、蹴ったり水をかけただけでも重罪となった。

また、法令の対象は犬だけではなく、猫や牛や馬、鳥、魚介類、果ては昆虫にまでも及んだ。

雀を吹矢で射落とした茶坊主は、斬罪となった。猫が井戸に落ちて死んだというだけで、遠島になった武士もいれば、犬医者となって大儲けした者もいる。

百姓は牛馬を使えぬため、農作業に支障をきたし、さらに、猟を禁じられたために増えすぎた野生動物が山から里へ下りて来て畑を荒らすという、二重の被害を受けた。

魚屋や漁師、猟師たちが、生活に窮《きゅう》したことは、言うまでもない。

そんな万民の困窮をも顧みず、綱吉は五月に、大久保と中野、四谷に犬小屋を建てることを命じた。

ただの犬小屋ではない。大久保のものは二万五千坪、中野のものは十六万坪という、堂々たる〈御殿《ごてん》〉である。

そこに何万匹もの〈お犬様《いぬさま》〉を収容して、養おうというのだ。

しかもその莫大な費用は、江戸の町人たちに、小間一間につき年間で金三分《ぶ》ずつを払わせることで、捻出しようというのである。

さすがに怨嗟《えんさ》の声が江戸中に満ち満ちたが、それを表立って口に出す者はなかった。生類憐れみの令は、最高権力者たる将軍の絶対命令であり、それに逆らうことは、死を意味したからである。

が、浪人・御里《みか》城太郎だけは別であった。

庶民の難儀《なんぎ》を見兼ねた城太郎は、生類憐れみの令が如何《いか》に馬鹿馬鹿しく無意味なものかを理路整然と説き、その廃止を訴える檄文を、堂々と署名入りで江戸のあちこちにばら撒《ま》いたのである。

城太郎は息子ともども町方に捕縛され、大番屋《おおばんや》に叩きこまれたが、彼は、幕閣の要人や有力大名たちの良心を信じていた。

自分が捨て石となることで、必ずや幕政改革が行なわれ、生類憐れみの令が廃止されると考えていたのである。

しかし、それは夢想に過ぎなかった。

庶民は檄文の内容に大いに賛同したものの、城太郎は市中引《しちゅうひ》き廻《まわ》しの上、鈴ケ森《すずがもり》で獄門となった。

生類憐れみの令が廃止されることも、お犬様御殿の建造が中止になることもなかった。

無駄死《むだじに》――いや、まさに犬死《いぬじに》であった。

そして、九歳の息子の炎四郎も、遠島を宣告されたのである。

通常、十五歳未満の者が罪を犯した場合、十五歳になるまで、親類預けのまま刑の執行が猶予される。

が、御里炎四郎の場合は、異例にも、即座に八丈島へ送られることになった。

父親が浪人のため、適当な預け先がなかったせいもあるが、やはり、ご政道《せいどう》を正面から批判したというのが、最大の理由であろう。

おそらく江戸幕府開闢《かいびゃく》以来初めて、少年囚が、流人船《るにんぶね》で八丈島へ運ばれた。

九歳の御里炎四郎にとって、そこは地獄であった。

3

流人船は、霊巌島《れいがんじま》から出ると、伊豆の下田湊《しもだみなと》へ向かう。

ここで、科人《とがにん》たちは町奉行所の与力《よりき》から、下田代官手代《だいかんてだい》へと引き渡される。そして流人船は、風待ちをしながら、伊豆七島最南端の八丈島へと渡るのだ。

江戸から下田までの距離が三十五里、下田から八丈島までが六十四里である。

この島は、関ケ原《せきがはら》の合戦で敗れた西軍の将、宇喜多秀家《うきたひでいえ》の一党が流されたことで有名な流刑地だ。

東に三原山《みはらやま》、西に八丈富士《はちじょうふじ》と呼ばれる、なだらかな二つの山があり、島の周囲の断崖は、垂直に切り立っている。

その黒い島影を流人船の甲板から見た時、炎四郎は不安と恐怖で、不覚にもぽろぽろと涙を流してしまった。

島の面積が六十七平方キロ、島民の人口は約三千六百名だ。それ以外に、数百名の流人《るにん》がいる。

だが、島全体で水田が七十四町、畑も四百八町しかなく、そこから穫《と》れる米と麦は、人口の半分を養う程度の量しかなかった。

しかも、年貢《ねんぐ》は容赦なく取り立てられ、凶作も度々《たびたび》ある。

そのため、島は慢性的に食糧不足の状態にあり、島民たちでさえ麦や粟《あわ》や稗《ひえ》を主食にしているのだから、流人たちにまで食糧が行き渡るわけがない。

流人たちは、畑仕事や漁の手伝いをして、わずかばかりの食物を島民から貰い、それでやっと命をつないでいる有様だった。

それでも、伊豆七島の中では、八丈島が最も食糧事情がましだったというのだから、他の島の惨状は、推《お》して知るべしである。

島民たちが、流人に対して冷たかったわけではない。伊豆七島全体が、どうしようもなく貧しかったのだ。

本当の責任は、こんな食糧事情の悪い島を流刑地にし、何の面倒もみなかった徳川幕府にあるのだが……。

元禄八年の十月、九歳の御里炎四郎は、他の科人たちと一緒に八丈島に上陸した。

そして、島役人の采配によって、大賀郷《おおがごう》村の名主・嘉兵衛《かへえ》に預けられた。

大賀郷村は、八丈富士の麓にある大きな村落だ。

通常、流人は、粗末な流人小屋に住むものだが、炎四郎は子供で、しかも武士の子だというので、特別に名主の家の物置小屋で寝起きするのを許されたのである。

嘉兵衛は、やさしそうな老人だったので、炎四郎は、ほっとした。

父親から、侍の子として一通りの武芸の手ほどきを受けていたものの、炎四郎は学問の方が好きな、どちらかというとひ弱な少年だったのである。

幼いながら炎四郎は、書を能《よ》くするというので、村の子供たちを集めて字を教えるように命じられた。

紙や墨は貴重品だから、火箸《ひばし》で地面に字を書いて教えるのだが、父親のやり方を見ていた炎四郎の手習《てなら》い師匠《ししょう》ぶりは、なかなか堂に入っていた。

さらに、自分から進んで農作業の手伝いもしたから、少年は周囲の者に可愛がられた。

楽とはいえないまでも、このまま何事もなければ、炎四郎の島での生活は、それなりに安定したものになっていたであろう。

生活態度が良ければ、赦免になって江戸へ帰れるという話を、少年は信じていた。

しかし、そのまま無事にすむには、炎四郎は美しすぎた。

人形のように顔立ちが整い、浪人の子とはいえ、武家の出らしくきりっとした表情をしている炎四郎には、少年とも少女ともつかぬ中性的な妖《あや》しい魅力がある。

衆道《しゅどう》の趣味がない者が見ても、心を動かされる存在であった。

翌年の春――ある生暖かい夜、昼間の疲れで熟睡していた十歳の炎四郎を、酔った嘉兵衛が襲ったのである。

老人ながら苛酷《かこく》な労働で鍛えた大柄な嘉兵衛は、必死で抵抗する炎四郎を易々《やすやす》と組み伏せて、これを手荒く犯した。

さらに、ずんぐりとした醜悪なものを、炎四郎に咥《くわ》えさせようとしたのである。炎四郎は、それに噛みついた。

悲鳴を上げて苦悶《くもん》する嘉兵衛を残して、炎四郎は外へ飛び出したが、たちまち家の者に取り押さえられてしまった。

島役人の取り調べの時、名主を傷つけた理由を、炎四郎は頑として話さなかったが、嘉兵衛の傷の場所から、事情を推測することは容易である。

流人風情《ふぜい》が、こともあろうに名主に傷を負わせたのだから、処刑されて当然であった。

しかし、流人が少年であること、無理を仕掛けた嘉兵衛にも落度があるということで、島役人たちの協議の末、炎四郎は流人牢に五日間の押し込めの上、まだ生きていたら、村払いと決まった。無論、嘉兵衛には、何の罰も下されない。

流人牢は、間口《まぐち》二間《にけん》で奥行《おくゆき》が二間、つまり八畳間の広さに高さが六尺五寸、大きな石を積んで造った頑丈なものだ。

この牢に入れられた者は、大人でも十日と生きていないという。勿論《もちろん》、水も食糧も与えずに、餓死《かつえじに》させるのだ。

だが、繊細な外見に似ず、炎四郎は流人牢の中で五日間、生き抜いた。

正道《せいどう》を説いた父が処刑され、無理を仕掛けられて抵抗した自分が餓死に追いやられる——そのあまりの理不尽さに対する怒りが、十歳の炎四郎の生命力をかき立てたのであろう。

赦免船が来るまで、どんな事があっても生き抜こう、と彼は決意をしていたのだった。

入牢《じゅろう》して三日目にスコールが降って、たらふく水が飲めたことも、幸運だった。

仕方なく、炎四郎は村払いとなり、今度は三原山の麓の中之郷《なかのごう》村の名主宅に預けられることになった。

名主の藤作《とうさく》は、大賀郷村で問題を起こした炎四郎に迷惑そうであったが、それなりに世話はしてくれた。炎四郎も、悪夢のような事件を忘れようと、必死で働いた。

しかし、幼い肉体を嘉兵衛に汚《けが》されたという事実は、炎四郎を見る者に、淫《みだ》らな妄想を起こさずにはおかなかった。

中之郷村に来て三ヶ月ほどが過ぎた頃、真夏の夜、水汲みに行った炎四郎は、十数人の村娘に取り囲まれて、娘宿《むすめやど》に連れ込まれた。

娘宿というのは、女たちだけの集会場として使われる小屋で、島役人といえども、男子禁制になっている。

その小屋で、炎四郎は濁酒《にごりざけ》を飲まされ、素っ裸にされた。

そして、娘たちは指で口唇で舌で、ピンク色の土筆《つくし》のようなものを散々に嬲《なぶ》り、交替で少年にのしかかったのだ。

元々、八丈島は〈女護ケ島《にょごがしま》〉といわれるくらい女性が多い島で、若い娘や後家は、いつも男日照《ひで》りの状態にあった。

だからこそ、〈水汲女《みずくみおんな》〉という名目で、流人の現地妻となる娘も多かったのである。

そんな欲求不満の彼女たちが、美少年の炎四郎に目をつけたのは、当然であろう。

幼い子供を凌辱《りょうじょく》したり暴力で異性を強姦するのは男性だけだ――と思っている

人々がいるが、それは偏見である。

その機会さえあれば、女性もまた、男性以上に残虐な加害者になりうるのだ。

つまり、男性とか女性とかに関係なく、全ての人間の心の奥底には、自分が優位に立って他者を嬲りものにしたいという、どす黒い獣物《けだもの》が潜んでいるのだ。

その獣物を、意志の力で抑制できる者とできない者がいるだけなのである。

島娘たちも、そうであった。

精《せい》を絞り尽くして、もはや炎四郎の小さなものが役に立たなくなると、まだ満足しない娘が、その背後の門に太い蠟燭《ろうそく》を突っこんだのである。

他の娘たちは、げらげら笑いながら、それを見物していた。

炎四郎は絶叫した。

水汲みに行ったまま帰らぬ炎四郎を捜していた名主宅の下男が、その悲鳴を聞きつけ、娘宿に駆けつけたので、事件は発覚した。

娘たちは口裏を合わせ、島役人の前で、炎四郎が自分たちを脅かして小屋へ連れこんだのだ、あれは子供のくせに魔性の色情狂だ——と主張した。

それが嘘であることは、酷《むご》い扱いを受けた炎四郎を見れば、誰の目にも明らかだった。

しかし、事件を起こしたのは二度目とあって、被害者であるはずの炎四郎は、さらに苛酷な罰を受けることになった。

それは〈羈《ほだ》〉であった。

羈とは足枷《あしかせ》のことであるが、伊豆七島でいうところのそれは、仮組みした小屋の中に、四本の丸太を並べて、その丸太の穴に流人の両手両足を固定するものである。

つまり、流人は、全裸で四《よつ》ん這《ば》いの姿勢のまま、硬直したようになるのだ。

これを、〈羈に掛《か》ける〉という。

石造りの流人牢でも、軀を動かしたり歩き回ったりすることは出来る。

ところが、羈に掛けられると、寝返りをうつことはおろか、身動きすらできないから、半日とたたないうちに、体中の筋肉や関節が悲鳴をあげる。

しかも、当然のことながら、水も食物も与えられない。

餓死するより先に、体中の激痛に耐えかねて、発狂する者もいた。

羈の期間は十日と決められたが、それより先に少年が死亡することは、確実である。

言うまでもないことだが、十数人の島娘たちは一切、お咎《とが》めなしであった。

炎四郎は、初日に羈小屋の中で、苦痛のあまり泣き叫んだ。

しかし、二日目からは、大人しくなった。

苦痛の頂点を過ぎて、ほとんど何も感じなくなったせいもあるが、前回の石牢での経験から、少しでも体力を温存しておこうと考えたのである。

だが一方では、（今度ばかりは、助かりそうもない……）と思った。血行障害で、手足が生きたまま腐りそうな恐怖におそわれる。

それは、二日目の深夜のことであった。

一人の娘が、そっと羈小屋に忍びこんで来た。娘宿で炎四郎を強姦した島娘の一人で、十八歳のお妙《たえ》であった。

お妙は彼に水と食物を与え、垂れ流しの排泄物の始末をしてから、血のめぐりをよくするため、全身をマッサージしてやった。

彼女が、単なる親切心や愛情だけで来たのでない事は、マッサージをしながら、少年の局部に悪戯《いたずら》したことでもわかる。

お妙は、娘宿で少年を犯した異常な快楽が、忘れられないのであった。

「いいかい。生きて、この小屋を出られたら、この妙様の恩を忘れるんじゃないよ。たっぷりと、恩返しするんだよ」

淫らな笑いを浮かべて、妙は出て行った。

それから毎夜、娘は忍んで来て炎四郎の世話をし、また、弄《もてあそ》んだ。

流人の悲鳴や呻《うめ》き声が聞こえぬように、羈小屋が、村から離れた密林の中に建てられていることが幸いして、お妙の行動は村人にばれなかった。

その甲斐あってか、こんな馬鹿な死に方はしたくないという炎四郎の強靱な精神力のためか、彼は十日間、見事に生き抜いた。

厄介者《やっかいもの》を始末しそこなって、島役人たちは渋面《しぶづら》になったが、さりとて、このまま中之郷村に置いておくこともできない。

そこで炎四郎は、隣の末吉《すえよし》村の流人頭の増蔵《ますぞう》に預けられた。武士の子としてではなく、普通の流人と同じように扱われたのである。

四坪ほどの掘っ立て小屋が、炎四郎に与えられた。

内部の半分は低い板の間で、残りは土間《どま》になっている。そこに、水瓶や石を組み合わせた竈《かまど》があった。

その夜、増蔵は、わずかばかりの干魚《ほしざかな》を持って、炎四郎の小屋にやって来た。

丁寧に礼を言って、それを炎四郎が食べた後に、増蔵は平然と、裸になれと要求した。

「厭《いや》かね、坊ちゃん。大賀郷村の助兵衛《すけべえ》名主の時みたいに、俺のものに噛みついてみるかい。それもいいが、少しは、てめえの立場ってものを考えてみるがいいぜ」

中仙道筋《なかせんどうすじ》では名の通った博奕打《ばくちう》ちだったという増蔵は、錆《さび》のきいた声で、ゆっくりと言った。

「この八丈は、島の衆が死ぬ気で働いても、半分の人間の口に入るだけしか米や麦が穫れねえっていう、貧しい島だ。島の衆ですら、生まれたての赤子《あかご》を間引《まび》きして、これ以上人間が増えないようにしてるってのに、どうしてお上《かみ》は、そんな島へ続々と科人を送りこんで来るのだ。頭のいいおめえさんなら、なぜだかわかるだろう」

炎四郎の頭の中に、一つの答が浮かんだが、恐ろしすぎて、それは口に出せなかった。

「それはな。最初《ハナ》っから、食物《くいもの》がなくて科人が死んじまうことが、お上の計算に入っているのさ。なまじ、食物が豊富な所へなんぞ流罪したら、のうのうと科人が生き延びちまう。餓鬼《がき》だって、ぼろぼろ生まれるかも知れねえ。そうかといって、死罪にあたらない者を、無理矢理に処刑することも出来ねえ。だから、表向きは遠島だが、実は、なるべく早く餓死してもらうために、こんな島に流したのよ。いや、俺たちゃあ、流されたんじゃねえ、棄《す》てられたのだ。おい、坊《ぼう》。そんな八丈で、おめえはこれから、どうやって生きてゆくつもりだ。二度までも騒ぎを起こしたおめえだ。島の衆は、誰も手伝いなんかさせちゃくれねえぞ。寺子屋の真似事《まねごと》だって、できねえのだ。さあ、どうする？」

「………」

にやりと嗤《わら》って、増蔵は着物を脱いだ。

「答はひとつしかねえやな。女流人と同じように、その綺麗《きれい》な顔と軀で、食物を稼ぐのだ。なあに、お江戸の蔭間《かげま》なら、誰でもやってることさ。その手練手管《てれんてくだ》は、へへへ、この増蔵様が今から、とっくりと教えてやるぜ。ほれ、さっさと裸になりな……」

それからの炎四郎の暮らしは、筆舌《ひつぜつ》に尽くしがたいほど屈辱的なものであった。

流人たちは、動物じみた飢餓生活の中で、性欲だけは有り余っている。

しかし、その性欲の処理施設であるところの女の流人は圧倒的に少ないし、若くて美しい女流人は、さらに少ない。

そこに、なまじの女が足元にも及ばぬほどの美少年が現われたのである。

流人たちが、炎四郎の小屋に殺到したのは、当然であった。性交に使用する器官の違いなど、誰も問題にしない。

それに、流人のほとんどが庶民が無宿人だったから、武士の子を荒々しく犯すという行為には、下剋上《げこくじょう》的な歓《よろこ》びが加算されるのだった。

勿論、本土で衆道にふけっていた武士や僧侶も、先を争って炎四郎を買いに来た。

彼らの誰もが、「これほどの美童《びどう》は、江戸や京にもおらん」と感激した。

誰もが、自分の喰い扶持を全部差し出しても、炎四郎を抱きたがった。女流人すら、例外ではなかった。

さらに、評判を聞きつけた村娘や女房、後家までが、密かに炎四郎を買いに来た。お妙を含む、例の島娘たちもだ。

人間には、美しいものであればあるほど、それを冒瀆《ぼうとく》し汚《けが》したいという歪んだ欲望がある。

炎四郎は、客たちに、ありとあらゆる破廉恥《はれんち》な行為を要求され、また、考えられる全ての方法で弄ばれた。炎四郎にとって、それは性愛行為ではなく、拷問であり闘争であった。

その淫らで残酷な肉欲地獄は、五百四十三人の餓死者を出した元禄十四年の大飢饉《だいききん》まで続いた。さすがに、全島が餓死の危機に陥ると、買春どころではない。

その飢饉の最中、初めて本土から、炎四郎に見届物《みとどけもの》が届いた。

見届物というのは、流人の親類縁者から送られる生活援助物資のことである。主に、食料品だ。

両国の長屋の住人一同からとして、炎四郎に送られて来たのは、米三俵に醤油一樽、塩一俵、それに干魚という豪華なものである。

島役人や末吉村の島民や流人頭に、お裾分けしなければならなかったが、それでも、手元にはかなりの量の食料が残った。

皮肉なことに、喰うために肉体を売っていた炎四郎は、飢饉の時に、食物に困らなくなったのである。

しかし、それを狙って、飢えきった流人たちが何度も、彼の小屋を襲撃《しゅうげき》して来た。

こうして、十五歳の炎四郎は、それまでとは別の種類の闘争を強いられたのである。

敵を自分の力で撃退するという闘争も。

その激烈な闘いに、炎四郎は勝ち抜いた。

勝って、生き残った。

それというのも、前の年に剣の師を得て、寸暇《すんか》を惜しんで独《ひと》り稽古《げいこ》に励んでいたからである。

炎四郎の師は、登龍峠《のぼりりょうとうげ》の流人牢に幽閉されている、白髪の老人であった。

鹿島神道流一羽派《いっぱは》の開祖・平井八郎兵衛――のちに道寿軒《どうじゅけん》と名乗った――には、木造如竜斎《きづくりにょりゅうさい》と辺見俊蔵《へんみしゅんぞう》という二人の直弟子《じきでし》があり、一羽派は兄弟子の如竜斎が継いでいる。

そして、実力では如竜斎を凌《しの》ぐと噂されていた俊蔵の方は、江戸で賭場《とば》の用心棒にまで身を落とし、その罪で遠島になった。

登龍峠の老人こそ、その辺見俊蔵なのである。

炎四郎は、師に渡す水と食料を持って、一日おきに登龍峠に通った。

そして、この俊蔵老人が牢死するまで三年に亘って、鹿島神道流一羽派の奥義を学んだのである。

格子ごしの、奇妙な師弟関係であった。

もし、この師との出逢いがなければ、炎四郎は絶望のあまり、断崖から身を投げていたかも知れない……。

　長屋からの見届物は、年に二回、かかさずに送られて来た。

　こうして、宝永《ほうえい》六年に、六代将軍家宣《いえのぶ》の誕生によって、二十三歳の御里炎四郎は赦免となり、江戸に生還《せいかん》した。

　そして彼は、見届物の本当の送り主が、十文字屋六右衛門だと知ったのである……。

「あの檄文を版木《はんぎ》に彫り刷ったのが、この十文字屋だと、もし、お父上が白状なさっていたら……わたくしの首は、とうに獄門台に載っております。それを御里様は、どんなに町方《まちかた》に拷問されても、彫りも刷りも自分でやった、版木はどこかで拾って来て、すでに焼き捨てた――と言い張って下さったおかげで、わたくしは助かりました。一度は、悪政を正す同志として、御里様と一緒に死ぬ覚悟でしたのに……お羞《はず》かしいことでございます」

　六右衛門は、頭を垂れた。

「……………」

「しかし、炎四郎様が、八丈島で不自由な生活をなさっているだろうと思いながらも、ほとぼりの冷めるまではと、六年もの間、見届物を送る決心がつきませんでした。まことにもって、申し訳なく思っております」

「気にするな」炎四郎は言った。

「もし、すぐに見届物を送ってもらったとしても、それでお主が捕まったら、次が送れなかったではないか。俺は感謝しているよ」

本心であった。

世の中に絶望し切った無頼《ぶらい》の徒《と》、人間らしい繋《つな》がりを全て断っている御里炎四郎が、ただ一人、恩義を感じている人間がいるとしたら、それは十文字屋六右衛門である。

いや、もう一人いたのだが、その人物は、すでに鬼籍《きせき》に入っている……。

「そう言っていただきますと、わたくしも、少しだけ気が休まります」

六右衛門は、手拭いで額の汗を拭う。

「――で、実は、炎四郎様にお願いがあるのでございますが」

「聞こう」

「人を一人、救っていただきたいのでございます」

十文字屋六右衛門は、まっすぐに炎四郎の目を見据《みす》えて、言った。

「その御方《おかた》は、三日後に島送りになる科人でございまして――」

4

その家は、湯島天神《ゆしまてんじん》前の同朋町《どうほうちょう》にあった。

家を囲む生垣《いけがき》の南側、井戸の前に立てられた十数本の細い竹竿に、朝顔の蔓《つる》が巻きついている。

右側の門柱に、長年下げていた看板を最近外したと思われる、白っぽい跡があった。

「――御免《ごめん》」

玄関口で、炎四郎が声をかけると、

「はい……只今《ただいま》」

ややあって出て来た女は、ほっそりとしていて、柳腰《やなぎごし》という形容そのままの軀つきであった。

三十前であろう。眉は薄く、小さな目と目の間が離れ気味だった。

白目がちで、一見して影の薄い雰囲気である。

「手習い師匠をなさっておられる、儒者《じゅしゃ》の斎藤近洋《さいとうこんよう》先生のお宅は、こちらですな」

「たしかに近洋の家でございますが……」

女は、困惑したように、やつれた顔を伏せた。

「あの、主人は今……」

「小伝馬《こでんま》町の牢屋敷《ろうやしき》でしょう」

炎四郎がそう言うと、女は、はっと顔を上げた。

「事情はわかっている。私は、十文字屋に頼まれて来た者だ。御里炎四郎という」

「失礼いたしました。どうぞ、お上がり下さい」

座敷へ通された炎四郎に、女——近洋の妻の佳奈《かな》は、冷えた麦湯を出した。それを一口飲んでから、炎四郎は、

「もう、近洋殿の島割《しまわ》りは、わかっているのでしょうな」

遠島《えんとう》が確定した科人の家族には、町奉行所の方から、出帆の期日と流され先の島名が知らされる。

それを聞いた家族は、出帆の日に合うように、科人に持たせてやる金銭や衣服、食料などを用意するのだ。

「はい。新島《にいじま》と聞いております」

「新島か……三宅島よりは、いくらか、ましだが……」

炎四郎は呟いた。

俗に、八丈島へ流されるのは政治犯、新島は過失による科人、そして三宅島へは極悪人が送られる……といわれていた。

「御里様は、流人のことにお詳《くわ》しいのでございますか」

彼を見つめる佳奈の目は、腫《は》れぼったい瞼《まぶた》のせいで、半眼《はんがん》のように見える。炎四郎は苦笑し、伝法な口調で、

「詳しくもなるさ。十五年も、八丈にいればな」

「まあ……」

意外な言葉に、佳奈は精一杯、目を見張った。

「それでは……御里様のお考えでは……主人は、生きてご赦免されますでしょうか」

「赦免、赦免とよく言うが、遠島は一生刑だからな。一応、町人は五年以上、武士は三十年以上たつと、赦免の対象になるらしいが……実際は、公方《くぼう》の代替わりか世継の誕生でもなければ、赦免は無理だろうな」

「主人は、武家の出で儒家でございますから、三十年……」

佳奈は、絶望したように首を振った。

「軀が丈夫で運が良ければ、まあ、希望がないことはない」

しかし、その言葉が、ただの慰めであることは、炎四郎自身が一番よく知っている。

「不運だったのでございます。あんな善《よ》い人が教え子を殺すなど……ただ、運が悪かったのでございます……」

涙声の佳奈は、袂《たもと》で顔を覆い、身をよじるようにした。

――斎藤近洋は、貧乏御家人《ごけにん》の三男坊であった。

小さい頃から学問好きだったため、武士の道を諦《あきら》めて儒者に弟子入りし、その師匠の援助で三十歳の時、この同朋町で寺小屋を開いた。

三年後には、やはり御家人の次女であった佳奈と結婚した。

以来、七年間、子宝には恵まれないものの夫婦仲も良く、教え子たちにも慕われて、穏やかな生活を送って来たのである。

その近洋が魔《ま》に魅入《みい》られたのは一月半ほど前の、宵《よい》の口《くち》であった。

昼すぎから、神田須田《かんだすだ》町の碁敵《ごがたき》と熱戦を繰り広げた近洋は、夕食と酒を振る舞われて、帰途についた。

途中には妻恋坂《つまごいざか》があり、その途中から右へ曲がると立爪坂《たてづめざか》になる。

立爪坂の右手は崖で、その下は塵芥捨て場になっていた。だから、別名を芥坂《ごみざか》ともいう。

満月の下、提灯《ちょうちん》を持たない近洋が、頂上の辺りまで来た時、いきなり、左手の繁みの中から飛び出して来た奴がいた。

そいつは何かの面をかぶった小柄な男で、物も言わずに、近洋の首を両手で締め上げたのである。

武芸不得手《ふえて》な近洋ではあったが、とっさに、相手を力いっぱい突き飛ばした。

襲撃者は、あっけなくよろけると、そのまま崖っ縁から落ちてしまった。崖下に生えている椿の大木の枝に、ばさばさっと物がぶつかる音がした。

近洋が、怖々と下をのぞきこむと、塵芥の中に人が倒れているのが見える。

早速、近くの番屋へ駆けつけ、事の次第を説明した。

ちょうど居合わせた清水《きよみず》の文太《ぶんた》という岡っ引とともに、近洋は塵芥捨て場へ向かった。

だが、首の骨を折って死んでいる奴の火男面《ひょっとこめん》を外してみて、驚愕した。

それは、近洋の寺小屋に通っている、徳松《とくまつ》という十歳の少年だったのである。

町奉行所では、捜査の結果、斎藤近洋の過失致死と断定した。

つまり、面をかぶって遊んでいた徳松が、師匠の姿を見て抱きついたのを、近洋は物盗《ものと》りと勘違いし、崖から突き落としたというわけである。

悲劇的な事件だった。

成文法はないが、過失により人を死に至らしめた者は、遠島と決まっている。

だが、徳松の両親を含む多くの人々の連署で、近洋の減刑願いが町奉行所に何度も出された。

妹の息子――つまり甥が近洋の寺小屋へ通っていた十文字屋六右衛門も、伝手《つて》を頼って町奉行所に働きかけてみたものの、判決は変更されなかった。

軀の弱い近洋が、流刑地で生き抜くことは、非常に難しいであろう……。

そこで六右衛門は、事件屋・御里炎四郎に、斎藤近洋を救って欲しい、と不可能に近い依頼をしたのである。

「――ところで」

少し考えてから、炎四郎は訊いた。

「近洋殿には、敵はいなかったかね。誰か、ご主人を恨《うら》んでいる者……ご主人を邪魔に思っている者に、心当たりはないか」

「とんでもございません」

佳奈の声は震えていた。

「御家人としてお役についているのならともかく、今の近洋は、ただの手習いの師匠でございます。どうして敵などおりましょう」

「それも、そうだな」

「御里様は、これが誰かの企《たくら》みだと……」

「いや、ただ訊いただけさ」

「御里様……」

佳奈は、横座りになるようにして、炎四郎の膝に手をかけた。

「どうすれば、主人は助かるのでございましょうか。お教えくださいませ。わたくしに……わたくしに出来ることなら、何でもいたしますから……」

下から、じっと男の顔をのぞきこむ。女の小さな目の奥に、ちらちらと何か火のようなものが揺れていた。

「……」

炎四郎は無言で、その懐に、無造作《むぞうさ》に右手を差し入れた。びくん、と女の肩が動いたが、逃げはしない。

その蕩けそうに柔らかい乳房を、炎四郎は、やんわりとつかむ。

「何でも――と言ったな」

「……はい」

佳奈は、小娘《こむすめ》のように、こくんと頷いた。

「よかろう」

炎四郎は、女の懐から右手を抜いて、胡座《あぐら》をかいた。着物の前を開いて、男根をつかみ出す。

まだ柔らかいが、巨きいそれを見て、佳奈の頬が朱《しゅ》に染まった。

炎四郎は、女の髷《まげ》をつかむと、黙って男根に近づける。

「………」

佳奈は震える両手で、男のものを握った。

目を閉じて、口を開き、淫水焼けした肉柱の先端を呑《の》みこむ。年増の人妻の熱く濡れた口腔粘膜の感触が、心地よい。

佳奈は、この行為が初めてではなかったようだ。最初は遠慮がちに、そして次第に大胆に、口唇の愛撫を行なう。

その刺激によって、炎四郎の男根は、天を突いて聳《そび》え立った。

髷をつかまれたまま、佳奈は顔を横向きにすると、黒光りする逞しい剛根を、上から下へ下から上へと舐めまわす。

下帯の中に顔を突っこむようにして、重い布倶里《ふぐり》にまで舌を這《は》わせる。

炎四郎は、再び先端部を咥《くわ》えさせると、佳奈の頭を無理矢理、上下させた。女が苦しむのも構わずに、喉の奥まで深々と突く。

「うぐ……ぐ……」

佳奈は、眉をしかめて呻いた。

だが、炎四郎が強制口姦《イラマチオ》を続けている内に、人妻の閉じた瞼《まぶた》は桜色に染まり、恍惚《こうこつ》とした表情すら浮かんでくる。

「嚥《の》んでもらおうか」

非情な顔で、そう言うと、炎四郎は熱い溶岩流を勢いよく放った。

「ん……っ！」

佳奈は瞑目《めいもく》したままで、どくっどくっと数度に分けて射出された聖液を、喉を鳴らして嚥みこむ。

男根の中に残った液体を絞り出すように、佳奈は両手をやわやわと動かし、音を立てて啜《すす》った。

そして、口を外し、

「はぁ……」

小さく溜息をついた。

炎四郎は、後始末をして立ち上がった。俯《うつむ》いたままの佳奈を見下ろして、

「夫の命を助けるためには、妻としての操《みさお》も捨てる……貞女《ていじょ》の鑑《かがみ》、だな」

そう冷たく言い捨てて、廊下へ出た。

玄関を出ると、ちょうど門の方から、風呂敷包みを背負った町人が入って来るところだった。

二十歳前半の小男で、炎四郎を見ると、すっと脇へ退《ど》き、黙って小腰《こごし》を屈《かが》める。

軽く頷いて、炎四郎は表へ出た。

午後の陽射しの中、広い通りの向かい側にある大名屋敷の方へ、歩く。

すると、屋敷の塀の蔭《かげ》から、汗を拭きながら新吉が出て来た。

「今、近洋の家へ入って行った奴を見たか」

「へい」

「あいつが出て来たら、尾行して素性《すじょう》を探ってくれ。なるべく詳しくな。それから、女房の佳奈の評判も、聞きこみしてくれ。こいつは、骨折り賃だ」

炎四郎は、十文字屋六右衛門から渡された百両の中から、二十両を新吉に渡す。

「こ、こんなに……」

「足りなければ、もっとやる。いくらでも、人手を使ってくれ。時間がないからな」

「わかりやしたっ」新吉は、腕まくりした。

「で、旦那。どうです、解決の目処《めど》は？」

「難しいな」

炎四郎は素《そ》っ気《け》なく言う。

「だが……わずかな光明《こうみょう》が見えないこともない」

5

南町奉行所の定町廻り同心・黒田鎌太郎《くろだかまたろう》に三十両の賄賂《わいろ》を渡して、御里炎四郎は、小伝馬町の牢屋敷に潜りこむことが出来た。

改番所《あらためばんしょ》で待っていると〈黒蝦蟇《くろがま》〉に賄賂の分け前を貰ったらしい鍵役《かぎやく》同心が、斎藤近洋を連れて来る。

先ほどの佳奈との行為を考えると、炎四郎は、いささか面映《おもはゆ》い気分だ。

しかし、近洋は「たとえ酔っていたとはいえ、教え子を死なせてしまった責任は、この私にある。十文字屋殿のお心遣《こころづか》いは有難いが、私は獄門になっても仕方のない身です。潔《いさぎよ》く、島の土になるつもりです」と繰り返すばかりだ。

「私の父も、手習いの師匠だったよ……」

抑揚のない声で、炎四郎は言った。

「ある事件で、前の公方のときに、獄門にかけられたがね」

「御里……それでは、其方許《そこもと》の父上は、あの檄文を書いた御里城太郎殿でござるかっ」

近洋は、愕然《がくぜん》とした。

「御里殿は、勇気をもってお上《かみ》の非《ひ》を糾弾した、立派な人物でした。ご子息は、幼い身で流罪になったと聞いていたが……其方許が……」

「──あんたが、わざと徳松を殺したのでないことは、よくわかった。それがわかりゃいいんだ。また、な」

炎四郎は、牢屋敷を出た。

すでに夕刻である。

十文字屋は、非常手段をとってでも近洋を助けて欲しい、と炎四郎に言った。

しかし、破牢《はろう》させるにしろ、霊巌島への護送の途中に逃がすにしろ、本人にその気がないのでは、まず無理だ。

炎四郎が立爪坂についた時には、陽は西に落ちていたが、まだ空に明るさは残っていた。

犯行現場から、崖下の薄闇を見下ろす。

塵芥捨て場を半ば覆い隠すように、椿の枝に葉が繁っていた。

しばらくしてから、炎四郎は、坂を下って、塵芥捨て場の前へ立った。椿の大木を見上げて、

「そうか……その手があるな」

ぽつりと、炎四郎は呟いた。

6

居酒屋で夕食を済ませた炎四郎が、根津権現《ねづごんげん》の遊女屋街の外れにある一軒家へ帰りついたのは、戌《いぬ》の上刻《じょうこく》――午後八時ごろだった。

生薬《きぐすり》屋の主人が妾と凄惨な無理心中をした縁起の悪い家なので、家主は、ただ住んでくれるだけで有難いから、家賃はいらないと言っている。

「………」

玄関の前に立った炎四郎は、家の中から殺気が放射されているのを感じた。

左手を大刀の鞘にかけて、親指で鯉口《こいぐち》を切った。

そして、ごく自然に戸を開けた。

正面の板の間に上る。

いきなり、襖《ふすま》が開いて、黒い影が突進して来た。

炎四郎の鋭い視力は、闇の中で諸手突《もろてづ》きに突き出された刃《やいば》をとらえていた。

大刀を抜きざま、敵の刀を弾き上げる。それは、天井に突き立った。

そして炎四郎は、大刀の柄頭で、相手の首筋を強打した。小柄な人影が、畳につっ伏してしまう。

行灯《あんどん》に火を入れて見ると、それは男装をした若い娘であった。

市ケ谷《いちがや》の直心流《じきしんりゅう》伊志原《いしはら》道場の一人娘で、十八歳になる伊志原薫《かおる》だ。

薫は、〈市ケ谷の鬼姫《おにひめ》〉とか〈伊志原の女天狗《めてんぐ》〉とか呼ばれている女武辺者《おんなぶへんじゃ》である。

半月ほど前、誤解が元で炎四郎に斬りかかり、逆に当身《あてみ》をくらって失神した。そして、彼に力ずくで純潔を奪われたのである。

おそらく、その仕返しに来たのだろう。

炎四郎は、薫を奥の寝間へ運びこんだ。容赦なく、素っ裸に剝《む》いてしまう。

稽古《けいこ》で鍛えているだけあって、引き締まった素晴らしい裸身であった。

乳房は小さく、硬い。秘毛は薄く、割れ目の上の方に、ほんの一叢だけ生えている。

その割れ目を二本の指で広げてみると、この前、炎四郎の凶器に貫かれた際の裂傷は、すでに完治していた。

「同じ場所では、面白くないな……」

自分も裸になった炎四郎は、刀の下緒《さげお》で、薫を後ろ手に縛った。

そして、筋肉の発達した下肢を組んで、座禅《ざぜん》の形にする。それから、前のめりに倒した。

剣術娘は、臀を頂点として、額と両膝の三点だけで体重を支える形になった。無論、秘処も背後の秘門も全てが男の前に曝《さら》け出されている。

いわゆる、〈座禅転がし〉という責め型だ。

薫の後門は、醜い放射状の皺《しわ》など無い。光沢のあるピンク色の窪《くぼ》みの中央に、針の先で突ついたような孔《あな》があるだけだ。

そこをソフトに愛撫しながら、炎四郎は、蔭間《かげま》——すなわち少年売春夫たちが使用する潤滑油を、塗りこむ。

さすがに、「む……」と呻いて、薫は意識を取り戻した。

「こ、これは……っ！」

自分の無様《ぶざま》な姿に気づいて、兵法娘は、羞恥に全身を火照《ほて》らせた。

秘処を見られるだけでも恥辱の極《きわ》みなのに、不浄《ふじょう》の排泄孔まで広げられては、嫁入り前の武家の女として、もう最後の選択をするしかない。

「くそっ、卑怯者！　舌を嚙んで、自害《じがい》してやるっ！」

「それは、そなたの勝手だが、死んでしまっては、俺に仕返しできぬのではないかな」

「むむ……」

「前にも言っただろう。俺は、女子供を斬る剣は持たぬが、斬りかかった者を、ただで許すほど甘くはない。生命《いのち》の代わりに、そなたの操を貰う。女の初穂《はつほ》は、すでに散らせてあるからな。今日は、後ろの操を貰うことにしよう」

炎四郎は、隆々《りゅうりゅう》と聳え立った剛根に潤滑油を塗りたくると、その先端を薫の背徳の門にあてがった。

「厭だ、そんな……」

剣術娘は、蒼白《そうはく》になる。

薫は、道場の門弟たちが彼女に聞かせるために、わざと大声で話す猥談《わいだん》から、男と少年が交《まじ》わる時にその羞かしい器官を使う――という知識は持っていた。

しかし、男と女が行なう時にも、そんな部分を使うとは……。まして、自分の臀《しり》の孔に極太《ごくぶと》の男根を挿入されるなどという事態を、薫は、夢想《むそう》だにしたことがない。

「やめて……ひいいっ」

顎と膝だけを使って、薫は這い逃げようとした。全身が総毛立っている。

しかし、炎四郎は、もがく娘の臀を両手でつかむと、その慎ましやかな排泄孔を、一気に抉《えぐ》った。

「っ!!」

巨大な男根が、根元まで深々と、剣術娘の内臓の奥の奥に突き刺さる。強烈すぎるほどの締め具合だ。

「あぁぁ……痛ぃ……抜いて、お願ぃ……お臀が裂けてしまう……」

伊志原薫は、先ほどまでとは別人のように、弱々しく哀願《あいがん》した。

「こうか」

炎四郎は、長大な器官を、じわじわと引き抜こうとする。

「うっ……だ、駄目ぇっ！」

薫は悲鳴を上げた。玉冠の開いた笠が、消化器官の内側の粘膜をこすり、まるで体外へ引きずり出されるような感覚があるのだ。

「では、やはり進むか」

冷酷な表情で、炎四郎は抽送《ちゅうそう》する。

「ぐぐ、死ぬぅ……っ！」

固く閉じた薫の目の中に、星が飛んだ。

情け容赦もなく、炎四郎は、兵法娘の臀を冷酷に犯す。

ずっずっずっ……と肉の凶器でリズミカルに、突いて突いて、突きまくる。

「うぅ……ぎぃ………っ」

処女を奪われた時の何倍もの激痛が、薫を襲った。

しかし、座禅転がしの姿勢なので、いかに女武辺者といえども、この被虐《ひぎゃく》の責《せ》めから逃れることはできない。

あまりの激痛に、薫は、腰全体が痺《しび》れたようになり、額には脂汗が流れる。

四半刻《しはんとき》――三十分ほど新鮮な後門を責めまくった挙げ句に、炎四郎は、ようやく凶器の引き金を絞った。

暗黒の狭穴《きょうけつ》に、大量の白濁した聖液が叩きこまれる。その熱い奔流を、腸の肉襞に感じながら、伊志原薫は、全身を痙攣《けいれん》させて失神した。

ずぼっと音を立てて、薫の臀から黒光りする凶器を引き抜く。

ひくひくと磯巾着《いそぎんちゃく》の口のように収縮する後門から、とろりと聖液が流出した。

娘のものまで後始末してやってから、炎四郎が身繕いを終えた時、

「大変だっ、旦那！」

玄関の方から、新吉の慌《あわ》ただしい声が聞こえた。

炎四郎は、小柄《こづか》で気を失っている薫の縛《いまし》めを切ると、裸体に着物をかけてやった。

それから、大刀を左手に下げて、玄関へ出る。

新吉は、なぜか煤《すす》けた顔をして、着物を土で汚していた。

「どうしたのだ」

「あいつら……文房道具屋の辰次《たつじ》と手習いの師匠の女房は、できてやがったんですよっ」

「辰次というのは、あの小男だな」

「へい。それで、ついさっき、辰次がまた、師匠の家に来ましてね。縁《えん》の下《した》に這いこんで、盗み聞きしてたら……野郎ども、江戸から逃げ出す算段をしてましたぜ！」

7

湯島《ゆしま》から下谷広小路へ出て、北東へ向かうと、そこは奥州《おうしゅう》街道である。奥州街道で、大川に架かっている橋が千住大橋《せんじゅおおはし》だが、その手前の方に、小塚原《こづかはら》処刑場があった。

獄門首は、この小塚原か鈴ケ森のどちらかにさらされるのだ。

この小塚原処刑場の前を、深夜、小柄な男と痩せた女が通りかかった。

辰次と佳奈であった。二人とも、旅支度をしている。

「待ちなっ」

獄門首の見張り小屋の蔭から、ゆらりと着流しの浪人者が姿を現わした。

錆鼠色《さびねずいろ》の地に太い滝紋りの柄が入った単衣《ひとえ》に、白い竜紋《りゅうもん》の帯。昏い虚無的な眼差しのその男は、御里炎四郎であった。

「て、てめえは……っ」

頬かぶりした辰次の顔から、さっと血《ち》の気《け》が引いた。

「お前たちの、ど汚え企《ぎたね》みは、みんなわかったぜ！」

新吉の聞きこみによって――貞淑そうに見える佳奈が、実は、寺小屋に紙や墨を納めていた辰次と密通していること、辰次は仙台《せんだい》の出身で、子供の頃は観世物《みせもの》小屋で綱渡りの芸をしていたこと……などが明らかになった。

不倫が夫にばれたら、辰次と佳奈は死罪である。そこで二人は、先手を打って、斎藤近洋を亡《な》き者にしようとした。

まず、佳奈が、辰次に体格の似ている徳松を誘い出して、辰次と一緒に撲殺して、死体を椿の枝の間に隠す。

それから、辰次が徳松のふりをして近洋に飛びかかり、崖から落ちたと見せて、実は椿の大枝に摑まって落下を免れたのである。

そして、自分の代わりに隠しておいた徳松の軀を下へ落とした。それを見た近洋が番屋へ走っている間に、辰次は、椿の木から降りて逃げたというわけだ。

身が軽く小柄な辰次だからこそ、可能だったトリックである。

「――俺は、浮気や色恋沙汰《いろこいざた》を咎めるような野暮な男ではないが、近洋のような善人を罠にかけたのは、許せん。だが、それにもまして許せないのは……お前たちが、何の罪科《つみとが》もない子供を殺したことだっ」

「うるせえっ」

狂暴な顔つきになった辰次は、道中差《どうちゅうざし》を引っこ抜いて、炎四郎に斬りかかって来た。

炎四郎は、苦もなく、それを躱《かわ》す。

蹈鞴《たたら》を踏んだ辰次は、泳ぐようにして、向きなおり、

「くそっ！　てめえのような島帰りに、俺たちの明日を邪魔されてたまるか！」

顔面を引きつらせて、喚《わめ》く。

それを聞いた炎四郎の眼に、ぎらっと蒼《あお》い焔《ほのお》が走った。

右手が、大刀の柄にかかる。

「死ね、死ねっ」

辰次は、自棄《やけ》くそになって、道中差を出鱈目に振りまわした。

炎四郎が獄門台の蔭に移動すると、辰次の振り下ろした刃が、首掛けの台板に、がっと喰いこむ。

その瞬間、炎四郎は、無言で大刀を抜き放った。

獄門台の四寸角の柱もろとも、辰次の首が切断される。

鹿島神道流一羽派の秘技《ひぎ》、地蔵斬《じぞうぎ》りであった。

吹っ飛んだ生首は、二間ほど先に落ちる。

「打首《うちくび》にする手間《てま》が、はぶけたな」

炎四郎は、嗤った。

倒れた辰次の頸部の切断面からは、醤油樽を倒したみたいに大量の血が流れ出していた。

それを見た佳奈は、その場に、へなへなと座りこんでしまう。

炎四郎は、血刀の切っ先を、佳奈に突きつけた。

「ひえぇ……っ」

女の頬が面白いほど痙攣して、足元に失禁《しっきん》の水溜りが広がる。

「十歳の子供を殺して平気でも、自分が死ぬのは、怖ろしいのか」

全く感情のない声で、炎四郎が、そう問うと、佳奈は両手を合わせて、

「助けて……わたくしに出来ることなら、何でもいたしますからっ」

「……その台詞《せりふ》は、聞き飽きた」

炎四郎の大刀が閃《ひらめ》いた。

「っ！」

佳奈は、全身が凍りついたようになる。

が、ややあって目を開けてみても、どこにも痛みは感じないし、血も流れていない。

炎四郎は懐紙《かいし》で拭った大刀を、鞘に納めるところであった。

「み、御里様……助けてくださるのですね……？」

そう言って、炎四郎の足にすがりつこうとした佳奈は、突然、生温かい液体に目をふさがれて、何も見えなくなってしまう。

次いで、額に鋭い痛みが走った。

斎藤佳奈は、刀の切っ先で、額に〈×〉を刻《きざ》まれたのである。

生涯消えぬ額の傷に触れた佳奈は、赤い闇の中で、喉が裂けんばかりの凄まじい悲鳴をあげた。

8

数日後、湯屋の二階で、炎四郎と新吉は、のんびりと酒を飲んでいた。

「どうしても、わからねえな。何で、旦那は、あの二人が怪しいと気づいたんですか」

「家を訪ねた時、あの女房が冷えた麦湯を出した。二日後に夫が島送りになるというのに、のんびりと井戸で麦湯を冷やしておくのは、妙だろう」

「なるほど……」

「それに、玄関の所で、辰次が脇へ退《ど》いた時の身のこなしが、只者《ただもの》じゃなかった。妙に度胸があって、素早い。しかも、近洋がいないとわかっているのに、わざわざ商売物を背負って来るのも、おかしいじゃねえか」

「でも、辰次は、よく子供殺しまでやりましたね。大して美人でもねえ、影の薄そうな女のために」

新吉は、しきりに首をひねった。

「あの女は淫婦《いんぷ》だよ」

「へっ？」

「俺にも経験があるが……ああいう見かけの女は、床に入ると、人が変わったように激しくなるのさ。辰次は、あの女の軀から離れられなくなったのだろうよ」

実は佳奈に強制口姦《イラマチオ》をさせて、その反応を確かめたのだ——とは、さすがに説明しない。

「へええ……まあ、でも、斎藤近洋先生の無罪釈放が決まって、良かったですねえ」

その時、階下で誰かの喚き声がした。

「何の騒ぎかな。見てきます」

新吉は、そう言って下へ降りたが、すぐに階段を駆け上がって来た。真っ青だ。

「御里の旦那……ついさっき、釈放になった斎藤先生が、奉行所で佳奈と対面した時、女の首筋を嚙み切って殺し……自分も舌を嚙み切って果てたそうです」

「……無駄骨《むだぼね》だったか」

炎四郎は、二十五両の小判包みを二つ取り出して、新吉に渡した。

「これを、徳松の母親に届けてくれ。近洋からだといってな」

「旦那……」

「眠くなった。俺は寝るぜ」

炎四郎は、ごろりと手枕になると、気怠《けだる》げに目を閉じた。

事件ノ三　小町娘が消えた

1

白い稽古着姿の伊志原薫《いしはらかおる》は、木刀を正眼《せいがん》につけて、

「さあ、来いっ」

凛《りん》として言い放った。

「おうっ」

六尺豊かな髭面《ひげづら》の浪人者が、目玉を剝《む》いて大上段に振り上げた。

市ケ谷《いちがや》・左内坂《さないざか》にある、直心流《じきしんりゅう》の伊志原道場であった。

十八歳の薫は、道場主の伊志原郷右衛門《ごうえもん》の一人娘で、卵型の顔をした美人だが、口さがない門弟《もんてい》からは、〈鬼姫《おにひめ》〉とか〈女天狗《めてんぐ》〉とか呼ばれている。

幼い頃から薫は剣の才能を示して、父の郷右衛門を驚かせ、今では道場の師範代《しはんだい》が務まるほどの腕前になっていた。

人形のように整った目鼻立ちをしているのに、普段から男装で通し、娘らしい装いや小物には全く興味がなく、剣術だけが生きがいという女武辺者《おんなぶへんじゃ》である。

髭面の浪人・堀田伝六《ほったでんろく》は、その評判を聞きつけて道場破りにやって来たのだった。

薫を手酷《てひど》く打ち据え、看板代として五両か十両もせしめて、あわよくば、薫の入婿《いりむこ》

にでも納まろうという肚《はら》である。

広い道場の両側には、二十数名の門弟衆が端座して、勝負の行方を見つめている。

宝永《ほうえい》七年――西暦一七一〇年の陰暦七月半ばの午後であった。

残暑が厳しく、道場内の空気は、ねっとりと重く澱《よど》み、そこに薫と伝六の闘気《とうき》が充満して、渦を巻いていた。

門弟たちは、息を呑《の》んで両者を凝視している。

薫の富士額に締めた鉢巻にも、汗がにじんでいた。黒髪は旋毛《つむじ》の辺りで束ねて、長く背中に垂らしている。

大上段に構えた巨漢の伝六の方は、まるで土砂降りにあったかのように、全身を汗みずくに濡らしている。

対峙《たいじ》して、すぐにわかったのだが、薫の業前《わざまえ》は評判以上であった。打ち据えるどころか、このままでは引き分けにするのも難しい。

脂ぎった伝六の頬が、ひくひくと引きつった。

「………」

薫の方は、ひどく大きな茶色っぽい瞳に、猛禽《もうきん》のような鋭い光を湛《たた》えている。

その薫の木刀の剣先が、すっと下段に変化した。それに誘われるように、

「でえぇぇいっ！」

巌《いわお》をも断つ勢いで、伝六は木刀を振り下ろした。

「とぅおっ！」

薫は清冽《せいれつ》な気合とともに、返した木刀で相手のそれを撥《は》ね上げる。

伝六の手から木刀が吹っ飛び、天井板に突き立った。

勝負はあったが、さらに薫の木刀は、素手になった浪人の右肩に振り下ろされる。

「ぎゃっ」

肩骨を微塵《みじん》に砕かれて、伝六は、蛙のように道場の床に這《は》いつくばった。激痛のあまり、気を失って白目を剝《む》いている。

「ふん」

浪人者の無様な姿に、薫が蔑《さげす》みの一瞥《いちべつ》をくれると、天井から抜け落ちた木刀が、がらんと大きな音を立てて床に転がった。

道場の中は、しんと静まりかえっている。

薫が道場破りに手加減がないのは、いつもの事だが、再起不能になるまで相手を痛めつけたのは、これが初めてであった。

「――後は任せる」

高弟《こうてい》の一人に、そう言い捨てると、薫は不機嫌な顔で奥へ引っこんだ。

着替えの衣類を入れた笊《ざる》を抱えて、裏の井戸端へ行く。

青空に、ぎらぎらと太陽が輝き、地上の物に黒々とした影を作っていた。井戸のそばの萎れた朝顔に、小虫がたかっている。

屋根つき井戸の周囲三方に葦簾《よしず》を立てかけると、その中で、薫は稽古着を脱いだ。肌襦袢《じゅばん》も脱ぎ、胸に巻いた晒《さら》し布《ぬの》を取る。

薫は、男物の下帯《したおび》の代わりに、膝上までの白い下袴《したばかま》をつけていた。それも脱ぐ。

白く眩《まばゆ》い、均整のとれた兵法娘の裸身であった。

背丈は、年ごろの娘としては普通だが、全身の筋肉が伸びやかに発達し、肩が張っていて、臀《しり》は少年のように引き締まっている。

乳房は硬く小さいが、形は良い。

秘毛は薄く、割れ目の上に、ほんの一叢《ひとむら》だけ生えている。

生命力の漲《みなぎ》る、素晴らしい肉体であった。

汲《く》み上げた冷たい井戸水を、ざあっと肩からかけた。

弾力のある若い肌に弾かれた水が、珠《たま》になって、ころころと胸元を転がり落ちるのを、薫は誇らしげに見つめる。

（でも……）

薫の表情が、急に曇った。

（私は、もう乙女《おとめ》ではないのだ……）

それを思い出すと、薫は軀の芯が、かぁーっと熱くなるのを感じた。

御里炎四郎《みさとえんしろう》——昏《くら》い眼差《まなざ》しをしたその浪人者に、薫は二度、強姦されている。

一度目は六月の初め、炎四郎を辻斬《つじぎ》りと間違えて斬りかかったところ、逆に当身《あてみ》をくらって気絶し、異常な痛みに目覚めた時には、すでに男の灼熱《しゃくねつ》のものが彼女の中に侵入していた。

二度目は、二十日ほど前のことで、根津権現《ねづごんげん》近くにある炎四郎の家に潜んで待ち伏せしたのだが、この時もまた返り討ちにあい、あろうことか、背後の不浄門を犯されたのである。

巨大な凶器による傷は癒《い》えていたものの、その屈辱の光景が脳裏に甦《よみがえ》って、薫の肌は粟立《あわだ》った。

が、それと正反対に、暴力的に貫かれた二つの部分に、痺《しび》れるような不可思議な感覚があり、それが波紋のように肉体の隅々に広がって行く。

思わず、薫は、その場にしゃがみこんだ。

「う……」

小さい時から、彼女は男嫌いであった。

恋愛など全く興味がないし、初夜のお床入《とこい》りなど、考えただけで吐き気がする。

父親の郷右衛門は、門弟の中から腕の立つ人物を選び、娘の入婿にして道場を継がせるつもりらしいが、薫にとっては、門弟たちの粘りつくような熱い視線は、煩《わずら》わしいだけであった。

一生結婚などせずに、自分が女道場主として後を継げばいいと思っている。それが単なる慢心《まんしん》でない証拠に、門弟たちの中で、ただの一人として薫にかなう者はいない。

彼女は、男というものは皆、汚らわしい獣物《けだもの》だと思い続けて来た。事実、あの炎四郎は、薫の哀願にも耳を傾けず、無理矢理に凌辱《りょうじょく》したではないか。それなのに、己れの肉体も魂をも引き裂いた荒々しい行為を、まるで懐かしむように薫は何度も夢に見るのである。

冷え冷えとした炎四郎の眼差し、分厚い胸と逞《たくま》しい筋肉のうねり、躰の重み、そして、柔肉を貫く熱い硬い巨大な凶器……生々しい感覚に、深夜、はっと薫が目を覚ますと、羞《はず》かしいことに、下袴の中の秘めやかな部分が、露《つゆ》を湛《たた》えて濡れているのだ。

そして、夢の中の感覚を求めて、思わず、そこに指を使ってしまうのである。炎四郎の端正で虚無的な貌《かお》を思い浮かべながら。

（何と浅ましい……私は、色狂いの淫放《いんぽう》な娘だったのだろうか……）

自分を叱りながらも、今また、薫は右手の指を太腿の間に滑りこませてしまった。亀裂をまさぐり、皮鞘に隠れていた肉の真珠に触れると、「う……」と彼女は呻《うめ》いた。

女の花園に、井戸水とは別の液体が溢《あふ》れるのを感じる。

薫は、爪先立ちでしゃがんだまま、中指を濡れた花孔に差し入れて、それを前後に動かした。

たちまち、快楽の甘い波動が、背骨の末端まで熱くする。

上体をねじり、左手を臀の方からまわして、薫は、双丘の中の不浄の門を指先でさぐった。

とても、後門に指を挿入するような勇気はないが、その周囲をマッサージするように撫でるだけで、淫靡《いんび》な悦びが、さらに高まる。

（御里炎四郎に逢いたい、逢って力強く抱きしめられたい……そして……目茶苦茶に責めて欲しい……）

女にしては険《けわ》しすぎる薫の顔立ちが、今は、とろりと甘ったるく蕩けそうな表情になっていた。

清潔実直な女兵法者《ひょうほうしゃ》として、門弟や近所の人々から敬意の眼差しで見られている自分が、白昼、井戸端に全裸でしゃがみこみ、まるで色情狂のように、己《おの》が秘処《ひめどころ》と排泄孔をいじりまわして喘《あえ》いでいる——そう思うと、薫の倒錯した快感が、花火を散らして急激に燃え上がった。

「あぁ……ん！」

固く目を閉じた薫は、全身の力が抜けて、ぺたりと敷石の上に臀をついてしまう。

が、石の冷たさに我を取り戻した彼女は、あわてて立ち上がった。

快楽の余韻を感じながらも、自分の内に、このような魔物が棲《す》んでいるのかと思うと、薫は慄然《りつぜん》とした。

荒っぽい動作で、何度も冷たい井戸水を頭からかぶる。

「……斬るっ」

前髪から水滴をしたたらせながら、薫は決意した。

今度という今度は、どんな手段を使っても、御里炎四郎を斬る。それ以外に、自分が兵法者として立ち直る術《すべ》はない――伊志原薫は、固く心に誓って唇を噛みしめた。

2

「消えたぁ？」

川魚料理を貪《むさぼ》り喰っていた新吉《しんきち》が、頓狂声《とんきょうごえ》を上げた。

「つまり、おたくのお嬢さんが、自分の部屋から煙のように消えちまったって、そうおっしゃるんですかい？」

「――新吉」と御里炎四郎は言った。

「少し声が大きい」

「へい、すいません」

炎四郎の一の乾分《こぶん》を自称する若者は、ぺこりと頭を下げる。

そこは、浅草橋近くにある船宿〈和田松《わだまつ》〉の二階座敷であった。

伊志原薫が堀田伝六を叩きのめした日の夕刻である。

開け放した窓の外は、菫《すみれ》色の薄闇に染まっていた。

炎四郎と新吉の前にいるのは、日本橋南の通町一丁目にある墨筆硯問屋〈錦明堂《きんめいどう》〉の番頭の伊助《いすけ》だ。

錦明堂といえば、江戸城御用達の大店《おおだな》で、下男下女まで入れると奉公人の数は、四十人以上だ。

その奉公人たちを手足のように使って店を切り盛りしているのが、後家の女主人・お種《たね》である。

主人の重兵衛《じゅうべえ》は昨年の春に急死し、お種は、十三も歳の離れた後妻であった。

先妻は娘を一人生んだが、産後の肥立ちが悪くて、半年後に死亡。

その跡取り娘のお絹《きぬ》は、今年で十八歳だ。通町小町《こまち》といわれるほど美しい娘で、自室から消えたというのは、このお絹である。

「全く、奇っ怪としか言いようのない話でございまして――」

寝不足のためか目を充血させた伊助が、語り始めた。

錦明堂には三人の番頭がいるが、四十男の伊助は、一番番頭である。所帯持ちの通い番頭だった。

表沙汰にはできない揉め事《トラブル》を、剣の腕で解決する〈事件屋〉として有名な炎四郎を、新吉を通じて呼び出したのは、この伊助なのである。

「昨日の夕方でございました。まだ陽の沈みきらぬ頃、浅草の観音様のお参りから帰ったお嬢さんが、下女のお松《まつ》と奥のご自分の部屋へ入りました。着替えを手伝おうとするお松に、お嬢さんは、疲れたから先に熱いお茶を持って来てくれ、とおっしゃったそうで。言いつけ通りに、お松が台所で茶を淹れて戻ると、もう、部屋の中にお嬢さんの姿はなかったというのです」

「……………」

炎四郎は、無言で先を促《うなが》す。

長身痩躯《そうく》、伸ばした月代《さかやき》が、ばっさりと額にかかっているが、垢《あか》じみたところは全くない。

美しいとすらいえる整った容貌《ようぼう》だが、甘さは微塵もなく、唇は固く一文字に引き結ばれている。

錆鼠色《さびねずいろ》の地に太い滝絞《たきしぼ》りの柄の入った単衣《ひとえ》の着流しに、白い竜紋《りゅうもん》の帯という姿だ。

「勿論《もちろん》、お松は、すぐに一番番頭のわたくしに、お嬢さんがいなくなったと報告しに来ました。わたくしは、二番番頭の米太郎《よねたろう》と三番番頭の竹造《たけぞう》を呼んで、三人で手分けして店の中や庭や蔵の中などを調べましたが、お嬢さんの姿は、どこにもありません。仕方なく、旦那様に話しますと、もう、卒倒せんばかりに驚かれて……」

お種は、すぐに店を閉めさせ、奉公人が総出で、それこそ店の縁の下から天井裏まで、近所、親戚のところまでも捜させた。

無論、跡取り娘が消えた事が世間に知られては困るので、そうと悟られぬように、奉公人たちの聞き込みの苦労は並大抵ではなかったが、それにもかかわらず、お絹の行方は判明しなかった。

「生まれたばかりの赤ん坊か、三つかそこらの子供ならいざ知らず、十八の娘を声も立てさせずに家の中から拐《かどわ》かす——そんな事が出来るものでございましょうか。これはもう神隠しに違いない、青山《あおやま》に有名な行者《ぎょうじゃ》がいるそうだから相談に行ったらどうか、などと米太郎たちと話していましたら……」

「脅迫状が届いたのだな」

「はい」

伊助は頷いて、懐から小さく畳んだ半切紙《はんきれがみ》を取り出すと、炎四郎に渡した。

「これが、夜明け頃に、店の潜《くぐ》り戸のところに落ちていました。誰が放りこんだものやら、気づいた者はおりません」

「ふむ……」

炎四郎は、その半切を開く。肩ごしに、新吉がのぞいた。

それには、おそろしいほどの金釘《かなくぎ》流の字で、〈むすめはあずかった　こんや　いのじょうこく　こいしかわのななつややしきへ　ばんとうが　三百りょうもってこいたごんむよう〉と書かれていた。

炎四郎は、その脅迫状に鼻を近づけてから、伊助に返す。

「町方《まちかた》には届けずに、大人しく身代金を払うのかね」

「はい。お嬢さんの命にはかえられません。それに、こう言っては何ですが、錦明堂の身代《しんだい》からしたら、三百両は、さほどの大金ではございませんから。二番番頭の米太郎が、小石川の七つ屋屋敷へ、金を持って行くことになりました」

〈七つ屋〉とは質屋のことで、そこは因業《いんごう》で有名な質屋の寮だったのだが、四年前に一家が食中毒で亡くなってからは、住む者もなく荒れ果てている。

「で、俺にどうしろというのだ」

「蔭供《かげとも》……と言っては失礼ですが、相手に気づかれぬように、金の受け渡しを見守っていただきたいのでございます。旦那様は反対いたしましたが、相手が素直にお嬢さんを返すかどうか、わかりませんので」

そう言って、袱紗《ふくさ》の包みを炎四郎の前に置いた。

「百両、用意いたしました。御里様、如何《いかが》でございましょう」

炎四郎は、少しの間、その袱紗に視線を落としていたが、

「――それだけ、か」

ぽつんと呟いた。

「は？」

「お絹には縁談があるそうだな」

伊助は、明らかに動揺して、

「は、はい……親戚筋の駿河屋《するがや》さんの次男の宇之吉《うのきち》さんと今秋にでも、と……」

「婿取りの前の娘が、どこの誰とも知らぬならず者に拐《かどわ》かされ、肌身を瀆《けが》されたとあっては、縁談どころではないだろうな」

「御里様……！」

「つまりは、取引が済んで、お絹が無事に戻ったら、相手を始末して永久に喋れないようにしてくれ、とお前はいうのだろう」

「お、恐れ入りました」

伊助は平伏した。そして、さらに袱紗の包みを差し出して、

「合わせて二百両。御里様、これで何卒《なにとぞ》、よろしく……」

「引き受けよう」

頷いて、炎四郎は酒杯を干した。

3

二番番頭の米太郎が錦明堂を出たのは、戌《いぬ》の上刻《じょうこく》——午後八時すぎであった。

通町から小石川の七つ屋屋敷までは、一里ほどの距離である。

三百両の風呂敷包みを大事そうに胸元に抱えこんだ米太郎を、御里炎四郎と新吉は、見え隠れに尾行《つけ》ていた。

米太郎は、風采《ふうさい》の上がらない小男だ。今年三十四歳で、まだ独り身だという。

日本橋を渡った彼は、室町から神田鍛冶《かじ》町に伸びる通りを、まっすぐ歩いて行く。

残暑が続いているためか、夜の人通りは多かった。

「——後家のお種は、元は深川で何か遊芸の師匠をやっていたそうだな」

二番番頭の緊張しきった背中に目をやったまま、炎四郎は訊《き》いた。

「へい、三味線ですよ」

道端での縁台将棋を、酔っ払いが冷やかして、喧嘩になりかけている。それを横目で見ながら、新吉は頷いた。

「女っぷりのいい年増《としま》ですからねえ。下心のある若い衆が、熱くなって通いつめたらしいけど、結局は金の威力で、錦明堂重兵衛がものにしたってわけで。よっぽど、お種のあの方の具合が良かったのか、関係が出来ちまうと、重兵衛の方が本気になりましてね。親戚中の反対を押し切って、お種を後添《のちぞ》えに迎えたのが、一昨年《おととし》の初夏。重兵衛が三十七、お種が二十四ですよ。それから丸一年とたたないうちに、重兵衛は頓《とん》死《し》しちまったんでさ」

「腎虚《じんきょ》かい」

「へっへっへ」

新吉は、下卑《げび》た笑いをして、

「一月の寒い晩に、後架《こうか》から出て手を洗ってる時に、足を滑らせてね。御影石の手《ちょう》水鉢《ずばち》で頭を打って、それっきり。大方、お種とふんばり過ぎて、腰がふらついていたんでしょうよ。少しは酒も入ってたそうですがね」

「三十八なら、まだ卒中《そっちゅう》でもなかろう。身代に目がくらんで、お種が、事故に見せて殺したって手もあるぜ」

「そいつァ、町方の旦那も疑ったようですがね。事故の現場を、反対側の廊下から見ていた人間がいるんでさ」

「誰だ」

「跡取り娘のお絹ですよ」

「ほう……」

「他の者なら、いざ知らず、なさぬ仲の娘が、あれは事故だったと言うんだから、これで一件落着ってもんで」

「お絹とお種は、そんなに仲が悪かったのか」

「そりゃあ、もう」

新吉は、懐から出した手拭いで顔の汗を拭って、

「先妻の娘と継母《ままはは》ですからねえ。最初は、お互いに気を使っていたのか、表向きは上《う》手《ま》くいってたらしいです。だが、半年ほどたつと、もう、お絹の方は、お種と口もきかない有様で。家にいると、どうしても継母と顔を合わせちまうからと、しょっちゅう寺参りに出てるそうです」

「お種の方は、どうだ」

「私の誠意がどうしてわかってくれないのか、と店の者に愚痴《ぐち》をこぼしてるって話ですよ」

「なるほど。それなら、娘が継母をかばって嘘をつくということは、考えられぬわけか……」

重兵衛の葬儀の後、錦明堂の親戚一同が集まって、今後の相談をした。

そして、世間体《せけんてい》もあるので、すぐにではなく半年ほどしてから、お種には相当の金を渡して出て行ってもらう。そして、お絹に婿をとって、錦明堂を継がせる――という結論に達したのである。

ところが、その猶予期間の半年の間に、お種は素晴らしい商《あきな》いの腕を発揮して、店を盛り立ててしまった。

こうなると親戚たちも、おいそれと、落度のないお種に出てゆけとは言えなくなる。話し合いの末、お種は未亡人として店に残ってもらう。ただし経営の方はお絹の婿に任せる――という事になった。

その挙式を一月後にひかえて、お絹が誘拐されるという大事件が起こったのである。

「それにしても、大店の一人娘が十八まで婿をとらなかったというのは、珍しいな」

「父親の重兵衛が、猫っ可愛がりしてたそうですからね。本人も奥手《おくて》で、雄の子猫も近づけねえ。娘っ子には珍しく、役者なんかにも興味がないそうで」

「楽しみは寺参りだけか」

「通町小町とまでいわれてる娘が、もったいない話ですよ」

新吉は、残念そうに首を振る。

御茶ノ水の辺りまで来ると、さすが人通りはなく、路上で揺れているのは、米太郎の提灯《ちょうちん》だけだ。

炎四郎たちは提灯なしだが、煌々《こうこう》たる満月に照らされた道を行くのには、何の不自由もない。

七つ屋屋敷は、小石川の源覚寺《げんかくじ》の近くにあった。閂《かんぬき》が外れた表門は、開けっ放しだ。決して炎四郎たちの方を振り向くなと言いつけられている米太郎は、門の前で、しばらく躊躇《ちゅうちょ》していたが、やがて意を決して中へ入って行った。

周囲に監視の目がないのを確認してから、炎四郎と新吉は、板塀の壊れた所から、そっと忍びこんだ。

町人にしては驕《おご》った造りであったろう広い中庭も、今は、雑草が生い繁るままになっている。

米太郎は、中庭に面した廊下の前に、不安そうに立っていた。障子が閉められているので、そこの座敷の中は見えない。

炎四郎たちは、築山《つきやま》のそばの石灯籠《いしどうろう》の蔭から、その様子を見守る。

建物の屋根には苔が生えて、一部が崩れているし、軒下には蜘蛛の巣が張っていた。蒼《あお》い月光を浴びた無人の屋敷は、凄愴《せいそう》な鬼気《きき》が漂っているかのようであった。

「東両国に立つ観世物《みせもの》の化物屋敷よりも、よっぽど見栄《みば》えがしますね、旦那」

新吉が身震いすると、

「……障子の向こうに、誰かいるようだ」

「えっ」

驚く新吉の口を、炎四郎が片手でふさぐ。

その時、亥《い》の上刻——午後十時を告げる鐘の音が、夜空に響き渡った。

と、何を聞きつけたのか、米太郎が、

「わ、わかりましたっ」

怯《おび》えた声で言うと、あわてて提灯の火を吹き消した。それから、膝で廊下に上がると、

「金はここ……今、お渡しします」

破れ障子を半分ほど開けると、中へ風呂敷包みを放りこんだ。すぐに障子が、ぴしゃりと内側から閉められた。

「………」

炎四郎は、新吉に目で合図をする。無言で頷いた新吉は、素早く屋敷の裏手の方へ向かった。

「もし……お嬢さんは……お嬢さんは、無事でございますか。もし、貴方《あなた》……」

身をよじるようにしながら、米太郎は、破れ障子に問いかける。

返事はなかった。

「いいですか……開けますよ」

焦《じ》れた米太郎は、そっと障子を開いた。途端に、

「あっ、お嬢さん！」

そう叫んで、座敷の中に飛びこんだ。

「ちっ」

炎四郎も、石灯籠の蔭から飛び出して、屋敷へ駆けつける。

大刀の鯉口《こいぐち》を切り、草履をはいたまま廊下に駆け上がると、一呼吸おいてから、座敷へ飛びこんだ。

襲って来る者は、なかった。

「しっかり、お嬢さん！　しっかりして下さいましっ！」

闇の中で、米太郎が誰かを抱きかかえているのが、見える。他に人影はなく、奥へ通じる襖《ふすま》が開け放されていた。

米太郎には声もかけずに、炎四郎は、闇の中を奥へと進む。

二つの座敷を通り抜けると、そこは、台所になっていた。天井の隙間から、斜めに月光が洩れて、埃《ほこり》の溜まった土間を照らしている。

「……………」

炎四郎は、音もなく土間へ下りると、勝手口の板戸へ手をかけた。

「……新吉か」

低く、板戸の向こうへ問いかける。

「旦那ですかいっ」

ほっとしたような声がした。

がらりと戸を開けると、両手で匕首《あいくち》を構えていた新吉が、照れ笑いをする。

「拐かし野郎は、どうなりました?」

「ここからは誰も出て来なかったのだな」

「へい。横手の方からも、人が出て来た様子はありませんが……」

新吉は首をひねった。

「来い」

炎四郎は、元の座敷へ戻った。新吉が、すぐに錦明堂の提灯に火を入れた。

米太郎に抱かれている娘は、ひどい有様《ありさま》だった。

髷《まげ》は崩れ、襟元は胸乳《むなぢ》の辺りまで広げられ、無残にも裾前《すそまえ》が乱れて太腿までのぞいている。

その白い太腿には、三条の赤い爪痕が残っていた。

提灯の光に照らされても、ぼんやりと魂の抜けたような表情のまま、顔を隠すこともしない。

埃に汚れてはいるが、ぽっちゃりとした顔立ちで、鼻も口も小さく上品で、なるほど、普段ならば若い者に騒がれそうな、美しい娘であった。

足元には、荒縄が落ちていた。

勿論、三百両の包みは、どこにも見あたらない。

「おい、お絹さん」

炎四郎が、彼女の前に片膝をつくと、米太郎は、あわてて裾前や襟元を直してやる。

「お前さんを拐かした奴は、どこへ逃げたのかね」

お絹は、蚊の鳴くような細い声で、

「わたし……気がついたら、米どんに助けられていて……」

「わたくしが飛び込んだ時は、真っ暗がりで、誰かが奥へ逃げて行く足音は耳にしましたが、姿までは見えませんでした」

米太郎が答えた。

「拐かされた時に、相手の顔は見なかったのか」

「部屋で、お松がお茶を持って来るのを待っていたら……いきなり、後ろから首を絞められて気を失い……それから、ずっと目隠しされていたので……」

お絹は、ぶるっと軀を震わせた。

「目隠しされたまま……あたし……ひどいことを……」

両手で顔をおおうと、わっと泣き出す。

「御里様、察《さっ》して下さい。お嬢さんを、そっとしておいて下さいまし」

米太郎は、非難と哀願の入りまじった目で、炎四郎を見つめる。

「……………」

炎四郎は立ち上がった。

「新吉、駕籠《かご》を見つけてくれ」

「へいっ」

返事よりも早く、新吉は、表に飛び出して行った。

「お嬢さん、すぐに駕籠が参ります……すぐにお店に帰れますよ……」

涙声でお絹を慰める米太郎から離れて、炎四郎は、八畳間の座敷を見まわした。

奇怪なことであった。

錦明堂の奥座敷から、わずかの間にお絹を誘拐して消えた下手人《げしゅにん》は、今また、炎四郎と新吉が挟《はさ》み撃《う》ちにしたはずなのに、煙のごとく消えてしまったのである。

4

それから五日が過ぎた。

錦明堂の奉公人たちや駕籠かきには、お種が厳重に口止めしたにもかかわらず、跡取り娘のお絹が何者かに拐かされた挙げ句に肌身を穢《けが》されたという噂が広まり、駿河屋の次男坊との結婚話は破談になった。

ただし、婚儀そのものは予定通り、九月半ばに行なわれる。

相手は、二番番頭の米太郎だ。彼が入婿になって、一番番頭の伊助の方は、資金を出してもらい暖簾《のれんわ》分けすることになったそうだ……。

どんよりと曇った昼下がり、御里炎四郎は、例の七つ屋屋敷の座敷にいた。誘拐犯を取り逃したので、二百両の報酬は全額、伊助に返している。

「そうか……」

座敷の中を調べ終わった炎四郎は、ゆっくりと立ち上がって、

「やはり、それしかないな……」

そう呟いた時、はっと彼の顔が緊張した。素早く、身を翻《ひるがえ》す。

直前まで彼がいた空間を貫いて、細身の棒手裏剣が柱に突き刺さった。庭の雑草の中から、飛来したのだ。

一呼吸ほど後《あと》に、第二の棒手裏剣が飛んで来た。

炎四郎は、奥の襖に体当たりして、それを躱《かわ》す。

襖とともに奥座敷に倒れこんだ炎四郎は、一回転して立ち上がった。埃が、もうもうと舞い上がる。

音もなく襖を開けると、隣の座敷へ滑りこんで、身を隠した。

ややあって、襲撃者は足音を殺しながら、庭から例の座敷へ上がってくる。

そして、倒れた襖の向こうに、小柄な人影が現われた。それを見た炎四郎は、

「──おい」

襖の蔭から、姿を見せた。

「むっ」

反射的に、そいつは、手にしていた棒手裏剣を放つ。

が、炎四郎は、左胸に飛来した棒手裏剣を、あっさりと大刀の柄頭《つかがしら》で弾き飛ばした。

大袈裟《おおげさ》な躱し方をしたのは、襲撃者を屋内に誘いこむための罠《わな》だったのだ。

小柄な襲撃者は、抜刀しようとした。しかし、素早く踏みこんだ炎四郎が、相手の右手首を手刀で鋭く打つ。

「うう……」

思わず前屈《まえかが》みになった襲撃者の背後に、炎四郎はまわりこむと、その左腰から大刀と脇差を抜き取り、座敷の隅に放り投げた。

そして、襲撃者を羽交《はが》い締《じ》めにする。

男装の女だった。白い麻の小袖《こそで》に藍の袴という姿の伊志原道場の女天狗、薫である。

「放せっ、卑怯者！」

薫はもがいた。その肌から、健康的な女の匂いがたちのぼる。

「身を隠して、いきなり手裏剣を打ってくるのは、卑怯ではないのかね。気配を悟られずに近づいたのは、大したもんだが」

「貴様の度重《たびかさ》なる非道な仕打ちへの報復に、手段など選んでいられるかっ」

「何だ。そんなに、俺に抱かれた味が忘れられないのか」

炎四郎は嗤《わら》った。

「そうと言ってくれれば、こんな埃だらけの化物屋敷で逢引きせずとも、小綺麗《こぎれい》な料理茶屋に座敷を用意したものを」

「馬鹿なっ、誰が貴様のような獣物《けだもの》に！」

喚《わめ》く薫の胸元に、炎四郎は右手を差し入れた。晒しを巻いた小ぶりな乳房を、揉みまわす。

「止《や》めろ、くそっ……」

薫の抵抗を巧みにあしらいながら、炎四郎は、彼女の胸乳を愛撫した。そして、硬く尖った乳首を、指でつまんで強くひねる。

「ひっ」

稲妻のように激痛が走って、女兵法者は一瞬、棒立ちになった。陶然《とうぜん》とした表情で、ぐったりと炎四郎に軀を預ける。

「なるほど」

その反応を見て、炎四郎は言った。

「男顔負けの剣術娘が、実は、力ずくで弄《もてあそ》ばれることを好む性《さが》であったとはな」

「そんな……嘘だ……」

弱々しい口調で、薫は呟く。

が、炎四郎の右手が、彼女の胸元から抜かれて、袴の脇から滑りこんだ。下袴の局部をさぐると、そこは熱く濡れている。

「嘘というなら、なぜ、このようになっているのだ。俺に手荒く責められ抱かれたいというのが、本心であろうが」

「厭《いや》っ……」

伊志原薫は、その場に幼女のように座りこんで、両手で顔をおおった。

「お前の希望どおりにしてやろう」

炎四郎は、薫の脇にまわると、単衣の前を開いて、下帯の中から男根をつかみ出した。

百戦錬磨のそれは、黒々と淫水焼《いんすいや》けしている。まだ柔らかいが、それでも普通の男性の勃起時と同じくらい巨きい。

「咥《くわ》えるのだ、薫」

そいつを、炎四郎は、男装娘の眼前に突き出した。

薫が顔をそむけようとするのを、髷を摑《つか》んで動けないようにすると、無理矢理に口の中に押しこむ。

「うぐ、ううぅ……」

薫は、目に涙を浮かべて、くぐもった呻きを洩らした。そのくせ、両手で男の腰にすがりついている。

「そうだ……うむ、それで良い……」

拙《つたな》い舌技で、薫は精一杯、男の象徴に奉仕した。無意識のうちに、もぞもぞと臀を蠢《うごめ》かしている。

やがて、炎四郎の男根は隆々と聳《そび》え立ち、薫の小さな口に余るほどになった。

「薫、褒美《ほうび》をやるぞ」

そう言って、炎四郎は荒々しく腰を動かした。喉の奥まで深々と突かれて、薫は、苦痛に顔を歪《ゆが》める。

その剛根が、ひときわ膨張したかと思うと、灼熱の白い溶岩流が迸《ほとばし》った。

「んぅ……！」

生まれて初めて、男の熱い聖液《せいえき》を喉の奥に叩きつけられ、薫は、頭の芯まで痺れるようだ。

どくっどくっと数回に分けて、大量に放出される。

伊志原薫は、花園と背後の門と、そして口腔と、女人の三つの貞操《みさお》の全てを、御里炎四郎に奪われたのであった。

「嚥《の》むのだ。一滴残さず、嚥みこめよ」

「ぐ、んぐぅ……」

被虐《ひぎゃく》の歓びに頬を火照《ほて》らせながら、薫は喉を鳴らして、懸命に嚥下《えんげ》した。胃の腑《ふ》が熱いもので満たされる。

男装娘の舌で浄《きよ》められたそれは、しかし、まだ硬度を失ってはいなかった。

唾液に濡れて、黒光りしている。

炎四郎は、薫を立たせると、柱を抱かせた。

そして、藍染めの袴と下袴を脱がせ、小袖の裾を捲《まく》り上げる。白い艶《つや》やかな臀が、剝き出しになった。

「ああ、こんな格好……羞《はず》かしい……」

薫は、身悶《みもだ》えした。喘ぎながらも、男を誘うように、臀を振ってしまう。

その双丘の下にのぞいている桜色の花弁を、背後から炎四郎が愛撫すると、溢れた透明な秘蜜《ひみつ》が太腿の内側を流れ落ちた。

「薫、俺のものが欲しいのか。はっきりと返事をしろ」

「ひどい……あんまりです……」

薫は啜り泣く。

「言わねば、止めてしまうぞ」

「厭だっ」

肩ごしに振り向いた薫は、濡れた声で、ただ一言、

「……欲しい」

「よかろう」

冷酷な笑みを浮かべて、炎四郎は、巨大な剛根を女の部分にあてがった。

いきなり、根元まで一気にねじこむ。

「ひいぃ——っ！」

薫は仰《の》けぞった。反射的に、初々しい肉襞が、きゅっと凶器を締めつける。

炎四郎は、娘の臀を抱えると、荒っぽく犯す。

狭い花孔を、突いて突いて突きまくった。卑猥《ひわい》な抽送音とともに、結合部から、汗と愛液が飛び散る。

そこに男根を迎え入れるのは、まだ二度目であるが、数え切れぬほど自慰を行なったためか、薫の感度は良好であった。

苦痛の悲鳴であったものが、次第に甘味を帯びて、悦楽の呻きに変化してゆく。性

的興奮によって、白い臀が、熟れた桃のように赤く染まった。

「うっ、うぐっ、あっ、あっ、ああっ、突いて……炎四郎様、薫を突き殺してぇ！」

臀から貫かれながら、薫は叫んだ。

それに応えるように、炎四郎は、奥の院を突き破る勢いで腰を使った。

そして、二度目の爆発が起こった。

「あぁ……っ！」

薫はか細い叫びを上げた。逆流した大量の聖液と秘蜜が、結合部から溢れて畳に滴《したた》り落ちる。

薫の花孔の収縮を存分に味わってから、炎四郎が、ずぼっと凶器を引き抜くと、娘は臀を剝き出しにしたまま、その場に崩れ落ちた。

手早く身繕いした炎四郎は、薫をそこに残して、庭へ出る。

「ご一党、お待たせしたな」

不敵な嗤いを浮かべて、そう言った。

「虻《あぶ》や蚊に悩まされながら草叢《くさむら》に隠れているのは、辛《つら》かろう。遠慮なく登場してもらおうか」

その挑発に乗って、雑草の海から飛び出して来たのは、四人の浪人者であった。

「抜かしたな、若造っ」

「貴様の素っ首、叩き落としてくれるっ！」

「命乞《いのちご》いしたとて、もう手遅れじゃぞ！」

薄汚れた格好をした男たちは、口々に喚きながら、刀を抜いた。そのくせ、誰も自分から斬りこもうとはせず、互いに譲りあっている。

ただ一人、左脇の夏羽織を着た浪人だけは、まだ抜刀せずに、じっと炎四郎を見つめていた。

三十代半ばで、こいつだけは、きちんとした身形《みなり》をしている。他の奴らと違って、人斬り稼業に年季が入っているのだろう。

「誰に幾らで雇われたか知らんが、その金は三途の川の渡し賃となったぞ」

そう言い捨てるが早いか、炎四郎は、いきなり右前方へ跳び、そこにいた奴を抜き打ちにした。

首を半ば切断された浪人が、血飛沫《ちしぶき》を噴いて驚愕の表情のまま倒れた時には、その横の奴を真っ向幹竹割《からたけわ》りにしている。

「うおぉっ」

ようやく態勢を整えた三人目の浪人が、突進して来た。

炎四郎は屋敷の方へ逃げた――と見せかけて、勢いづいて追って来た奴を、振り向きざまに横薙《よこな》ぎにする。

胴を断ち割られた男は、鮮血と臓腑《ぞうふ》と未消化物を地面にばら撒《ま》いて、倒れ伏した。

血振《ちぶ》りした炎四郎は、いつの間にか、夏羽織の浪人の姿が消えているのに気づいた。

苦笑しながらも、形勢不利となると即座に仲間を見捨てて逃走した決断力からして、手強《てごわ》い男だと炎四郎は思う。

三人の死骸には、早くも蠅の群れがたかっていた。

がさっ、と雑草の奥で何かが動いた。炎四郎は、とっさに、柱に突き刺さっていた棒手裏剣を引き抜くと、それを打つ。

「ぎゃっ」

野良猫のような悲鳴を上げて、雑草の奥から這い出て来たのは、錦明堂の二番番頭の米太郎であった。背中に、深々と棒手裏剣が突き刺さっている。

「助けて……命だけは、お助けくださいまし……」

咳こんで血を吐きながら、米太郎は、両手を合わせた。

「今の浪人たちを雇ったのは、お前だな」

さして驚きもせず、炎四郎は言った。

「はい、はいっ。でも、わたくしも……命令されましたので……」

「絡繰《からくり》をみんな、吐いてもらおうか」

土下座した米太郎の鼻先に、炎四郎は刃《やいば》を突きつけた。背後で、ようやく身繕いした薫が、奥の座敷から出て来る。

5

「あふぅ……」

「ん……そこ……」

蚊帳《かや》の中で、二つの女体が白蛇のように絡みあっていた。

そばには、食い散らかした膳が置いてある。

女の一人は、髪型は堅気だが婀娜《あだ》っぽい年増《としま》で、もう一人は、ぽっちゃりとした上品な感じの娘である。

二人は、一糸まとわぬ全裸だった。

行灯《あんどん》の明かりに照らされた彼女たちの肌は、上気してピンク色に染まっている。

互いに足を股間に差し入れて、太腿で相手の濡れそぼった局部を摩擦していた。くちゅくちゅと淫猥《いんわい》な音がする。

腰を揺すりながら、二人の舌が夫婦《めおと》蝶のように戯《たわむ》れあった。

やがて、年増女の方が、枕元の箱の中から異様なものを取り出した。

反《そ》りかえった二本の疑似男根——張形《はりがた》を根元で繋《つな》いで、その接続部分に刀の鍔《つば》のようなものが嵌《は》めてある。

これを両首《りょうくび》という。互形《たがいがた》、比翼形《ひよくがた》という別名もあり、女同士が愛し合うための性具であった。

江戸城の大奥などのように、女だけの閉鎖集団での需要に応えて、作り出されたものである。

本物の男性の平均サイズよりも、一回り大きい。

年増女は、密着させていた腰を離すと、玳瑁《たいまい》の甲羅で作った張形の先端を、丁寧にねぶる。

そして、己れの唾液にまみれたそれを、濃い秘毛におおわれた亀裂に、喘ぎながら挿入した。

ちょうど女の部分から、反対側の疑似男根が突き出した形になる。

腰をひねって、年増女は、その先端を娘の花園にあてがった。彼女の秘毛は薄い。

「さあ、挿入《いれ》るよ……お絹」

「うん……たっぷり可愛がって、お義母《かあ》さん……」

二人は、錦明堂の女主人のお種と、先妻の娘のお絹なのであった。

そこは、向島《むこうじま》にある錦明堂の寮だ。寮番の老夫婦を息子の家へ泊りに行かせて、義理の母娘で、レズビアンの痴態を繰り広げているのだった。

たっぷりと秘蜜をなすりつけた飴色の張形を、お種は、義娘の花園に侵入させた。

「あうぅ……っ」

二人は、互いに頭を反対側にして、腰の一点で密着し、足を交差させる。そして、腰を揺すり上げた。

啜《すす》り泣きの二重唱《デュエット》が、座敷に流れる。

汗ばんだ彼女たちの肌から、濃い牝の匂いが立ちのぼった。

その時、障子が音もなく開いて、長身痩軀の浪人者が、座敷へ入って来た。

御里炎四郎である。

倒錯した痴戯に狂う二人は、侵入者に気づかない。

蚊帳に近づいた炎四郎は、大刀を一閃させた。吊紐が切断されて、ばさっと蚊帳が二人の上に落ちる。

「ひいっ」

「だ、誰っ⁉」

お種とお絹は、亀の子のように不様《ぶざま》にもがきながら、蚊帳から這い出した。

両首は外れてしまっている。

抜き身を下げた炎四郎の姿に気づくと、二人とも震え上がった。

「義理の母娘ながら、仲の良いことで結構だな。世間の噂とは、大違いだ」

炎四郎は、嘲《あざけ》るように言った。

「こ、殺さないで下さいまし……」

「何でもします、助けて……」

がちがちと歯を鳴らしながら、お絹とお種は交互に言った。

「米太郎が、全て吐いたぞ。喰い詰めた浪人を雇って、俺を斬らせようとしたくせに、命乞いとは虫のいいことだ……」

炎四郎の声は、氷よりも冷たかった。

——お絹の誘拐は、狂言《きょうげん》であった。

お松が台所に行っている隙に、お絹は、こっそりと部屋から抜け出して、裏門から外へ出たのである。

七つ屋屋敷でも、座敷にいたのは、お絹一人であった。

亥の上刻の鐘を合図に、米太郎が芝居をして、風呂敷包みを投げこんだ。

お絹は、小判の包みを胴巻《どうま》きに入れて、それを腹に巻いたのである。

そして、暴行されたような身形になって横たわると、米太郎を呼んだのだった。

その直後に飛びこんだ炎四郎が、下手人を取り逃がしたのも道理《どうり》、そんな奴は最初から存在しなかったのである。

炎四郎は、その匂いから脅迫状を書いた墨が高級品である事、七つ屋屋敷の座敷の気配《けはい》が一人のものだった事、奥座敷や台所に積もった埃に下手人の足跡がない事、お絹の内腿の爪痕が自分でやったように膝から付根の方へつけられていた事、金を座敷に隠した跡もない事などから、お絹の狂言を見破ったのであった。

勿論、女主人のお種も共謀している。左手で脅迫状を書いて、店の土間に落としておいたのは、お種本人だ。

三味線の師匠をしていた時から、お種は、女しか愛せない同性愛者《レズビアン》であった。金のために錦明堂重兵衛と結婚したものの、男に抱かれても、何も感じない。

それで、義理の娘のお絹に手を出したのである。奥手で男性恐怖症のお絹は、お種によって性的に開花させられたのだ。

二人の関係の秘密を守るために、わざと奉公人たちの前では、仲違いして見せた。

そして、お絹は寺参りと称して頻繁に外出し、用事を作って外出したお種と、ひそかに逢引きしたのである。

その間、お付きのお松には小遣いを与え、盛り場で遊ばせていたことは、説明するまでもない。

うまく世間の目を誤魔化《ごまか》して爛《ただ》れた関係を続けていたものの、親戚たちから持ちこまれたお絹の縁談は、断る理由がなかった。

そこで、お絹が誘拐犯に暴行された事にして、わざと破談に持って行ったのである。

共犯者の米太郎への報酬は、錦明堂の主人の地位であった。ただし、夫婦になるのは形式だけで、お絹の肌に指一本触れることは許されない。

それでもいい、と米太郎は納得したのである。どうせ、外に妾《めかけ》を囲えばすむことだ。稀代《きたい》の淫婦二人の悪計は、成功を目前にしていた。邪魔なのは、この絡繰《からくり》に気づいたらしい炎四郎だけだ……。

「俺は、舐められて黙っているような男ではない。二人とも、四《よつ》ん這《ば》いになって臀を持ち上げろ」

炎四郎は命じた。

「はい、はい……」

二人は並んで、犬のように蚊帳の上に這った。

豊かな二十六歳の臀と引き締まった十八歳の臀が、並んで炎四郎の方を向く。

「両手で臀の孔を広げるのだ」

二人は、言われた通りにした。双丘の狭間の中に隠されていた排泄孔が、剥き出しになる。

双方とも、花園から溢れた愛液に濡れて、ぬめぬめと光っていた。

大刀を畳に突き立てると、炎四郎は裸になって、お種の背後に片膝をついた。

そして、己が凶器をしごき立てると、臨戦態勢になったそれを、年増女の薄茶色の後門にねじこむ。

「さ、裂けるぅ〰〰〰うっ！」

普通人の倍のサイズの男根の侵入に、お種は堪《たま》らず、悲鳴を上げた。

炎四郎は、情け容赦なく年増女の腸を抉《えぐ》り、掻《か》きまわした。さすがに、中はきつい。

あまりの苦痛に、お種が失神すると、ずるりと長大な男根を狭穴から引き抜いた。

隣のお絹の背後に移動すると、紅色に窄《すぼ》まった後門に先端をあてがう。

「や、やめて……堪忍《かんにん》して……」

懸命に許しを乞う十八娘の禁断の門を、炎四郎は貫いた。未開の部分を引き裂かれた激痛に、お絹は全身を突っ張らせる。

しかし、炎四郎は、彼女の髷をつかむと、力強く抽送を開始した。

「ひいぃ……」

這い逃げることもできずに、お絹は泣き喘いだ。

その臀を、炎四郎は冷酷に犯す。

ついに最後の時が来て、炎四郎は大量に放った。

きつすぎるほどの消化器官の収縮を十分に堪能《たんのう》してから、硬度を保ったままの凶器を引き抜いた。胡座をかく。

そして、聖液まみれで汚れた剛根を、お種とお絹に唇と舌で浄《きよ》めさせる。二人は、泣きながら奉仕した。

「――俺の知り合いで、南の同心の黒田《くろだ》ってのがいるんだが」

布倶里《ふぐり》までも懸命にしゃぶっていた二人が、ぎくりと顔を見合わせる。

「重兵衛の〈事故死〉の件を扱ったのは、黒田だってな。袖の下を取ることだけが生きがいのような盆暗《ぼんくら》だ。あいつなら、殺しだと見抜けなくても無理はねえ」

「……」

「わかってるよ。重兵衛は、さすがにお前たちの関係に気づいたんだろう。しかし、自分や店の恥になることだから、黙っていた。それを、お前たちは殴り殺し、手水鉢に頭をぶつけたように細工をしたってわけだ。拐かしの狂言だけなら、江戸追放くらいですむだろうが……亭主殺しとなると、まず死罪は逃れられぬな」

「み、御里様……」

お種は、怯《おび》えた瞳を炎四郎に向けた。お絹も、蒼白になっている。

「お種――」

炎四郎は、凄味《すごみ》のある嗤いを見せた。

「錦明堂は公儀御用達……幕閣《ばっかく》のお偉方《えらがた》にも、たっぷりと付け届けをしているのだろうなあ」

「はぁ、それは……そうですが……」

「安心しろ。お前の亭主は、事故で死んだのだ。ただ、必要がある時には、俺をお偉方に紹介しろ。……承知か？」

「はいっ、有難うございます」

お種は、安堵《あんど》の溜息をついた。お絹も胸を撫でおろす。

この二人を叩っ斬るのは簡単だが、それよりも、弱みを握っておいて幕閣への手蔓《てづる》として利用した方が得だと、炎四郎は計算したのだった。

「よし。俺を殺《や》ろうとした事は、さっきの臀責めで帳消しにしてやる。夜は長い。本当の男の味を、たっぷりと教えてやるぜ」

お絹を蚊帳の上に押し倒すと、炎四郎は、極太の巨砲をぶちこんだ。

初めて花園に本物を受け入れたお絹は、仰けぞったが、巧みに攻められているうちに、次第に甘い悦声《よがりごえ》を洩らすようになる。

娘の両足を肩に担ぎ上げ、炎四郎が屈曲位でリズミカルに攻めると、お種が彼の臀に唇を押しつけて、背後の門を舐めまわす。

やがて、お絹が軽い失神に陥ると、炎四郎は萎えぬものを、お種に突っこむ。

後背位で女器を貫かれたお種は、張形とは比べものにならぬ逞しさと熱さに、我を忘れて悦《よが》り狂った。

その悦声を聞いて意識を取り戻したお絹が、継母の下に逆向きにもぐりこんだ。

相舐《あいな》めの姿勢になって、蜜のしたたる結合部に舌を這わせる。そして、重く垂れ下がった男の布倶里をも、舐めまわす。

お種の方も、義娘の秘処を口唇で愛撫する。

しばらくして、炎四郎は、年増女の熟れた肉洞の奥深くに、聖液を射出した。萎えたものを、母娘は争うようにして、しゃぶった。一人が玉冠を咥えると、もう一人が茎部を舐める。

さらに、二つの瑠璃玉《るりだま》を、一つずつ口の中に入れて、舌先で転がしたりする。背後の門の奥に舌を差し入れることも、厭《いと》わない。

剛根が復活すると、炎四郎は、二人に正常位で抱き合うように命じた。

そして、上になったお種と下になったお絹を、交互に貫く。

二人は、身も世もなく悦り哭《な》いた。

驚くべき持久力と精力で美しい母娘を翻弄《ほんろう》し、その秘肉を味わい尽くした炎四郎も、お絹の花孔に放つと、さすがに疲労を覚えた。

不覚にも、失神した二人とともに、炎四郎は眠りこんでしまう。


「……っ！」

目覚めたのは、ぱちぱちと木が爆《は》ぜる音と煙によってであった。

一刻──二時間ほど眠りこんだようだ。

寮の建物が燃えているのを知って、炎四郎は、うなじの毛が逆立つのを感じた。

油の臭いもする。放火だ。

立ち上がった炎四郎が身繕いをしようとすると、

「な、何っ？」

「火事じゃないか！」

お種とお絹も、飛び起きた。

座敷に漂う薄煙を見てパニックを起こし、炎四郎が止める間もなく、全裸のまま庭へ飛び出した。

途端に、お絹の胸に矢が突き刺さった。ついでお種の胸乳にも、矢が刺さる。

二人は、声もなく倒れた。即死だろう。

しかし、二本の矢は同じ方向から飛来したのだから、相手は一人のようだ。

着物を着た炎四郎は、お絹が脱ぎ捨てた小袖を左手でつかむ。右手に大刀を構えて、小袖を振りまわしながら、外へ飛び出した。

飛んで来た矢が小袖を引き裂く。

それを捨てた炎四郎は、矢の飛来した方向へ走った。

燃え上がる寮の炎に照らし出されて、太い松の木の脇に、夏羽織を着た例の浪人が立っていた。弓矢を捨てると抜刀する。

両者の刃が激突して、火花が散った。二人は、ぱっと跳び下がった。

「馬鹿なことをしたものだな」と炎四郎。

「お前さんの本当の雇い主は、あの女どもだったのだぞ」

「そうか……」

浪人は苦笑した。

「仕方がない。人斬り屋としては、受けた仕事を放り出すわけには、いかんのでな。どんな手を使っても、お主《ぬし》を殺《や》らにゃならねえ」

「律儀なことだ……」

名前の通り、炎を背負った炎四郎は、刀を右八双《みぎはっそう》に構えた。

「ちっ」

浪人は、左手で脇差を抜いて、手裏剣に打った。それを避けて体勢の崩れたところを、斬りこむつもりだったのだろう。

だが、炎四郎は、苦もなく脇差を叩き落として、一気に間合《まあい》を詰めた。

驚いた浪人は、とっさに松の木の蔭に隠れた。

しかし炎四郎の剣は、松の太い幹ごと浪人を袈裟《けさ》に斬った。

浪人者は、信じられぬという表情で、

「これは……鹿島神道流《かしましんとう》の奥義《おうぎ》、地蔵斬《じぞうぎ》りか……」

そう呟き、血反吐《ちへど》をはいて倒れた。一瞬遅れて、切断された松の木が、ゆっくりと倒れる。

血脂を拭って納刀した炎四郎は、母娘の死骸に目をやって、

「また、儲けそこねたな……」

かぶりを振ると、炎上する寮を後にして、気怠《けだる》げに歩き出した。

事件ノ四　忌《いま》わしき遺産

1

上方《かみがた》産の百匁蠟燭《もんめろうそく》を何本も立てた広い座敷の中央に、幅三尺、長さ三間の白布が敷かれていた。

その両側には、寝不足で赤く濁った目をギラつかせた男たちが、並んでいた。

賽子博奕《さいころばくち》の賭場《とば》なのである。

宝永七年——西暦一七一〇年、閏《うるう》八月の初めだった。初秋の深夜だが、座敷の中には熱気がこもっていた。

白布の中ほどに向かって座をしめているのが中盆《なかぼん》で、彼が賭けの進行役を務める。

中盆の隣にいるのが、壺振《つぼふ》りだ。その壺振りは、珍しいことに女であった。

垂髪《たれがみ》を玉結びにしたその女は、二十代前半であろう。目も鼻も口も大きく、婀娜《あだ》っぽい、如何《いか》にも男好きのする美女である。

お京《きょう》という名だ。

諸肌脱《もろはだぬ》ぎで、籐製の壺を振っている。

豊かな胸乳《むなぢ》には真っ白な晒《さら》し布を巻いているが、深い谷間がのぞいていた。

しかも、片膝立ちの姿勢なので、時折、脂がのった太腿の奥に、黒い翳《かげ》りがちらつく。

客たちの両眼がギラついているのは、勝負の興奮のせいばかりではないのだ。

「壺っ」

中盆の参次《さんじ》が、短く叫んだ。

お京は、左手に持っていた二つの賽子を、右手の壺に投げこみ、それを白布の上に伏せた。

「さあ、張っておくんなさい。半方《はんかた》ないか、丁方《ちょうかた》どうだ」

白布の、中盆のいる側を丁座、その対面を半座という。

丁座の客は丁の目にしか、半座の客は半の目にしか賭けられない。

かしゃっかしゃっ、と駒札《こまふだ》が両サイドから次々に置かれた。

この賭場の駒札は、幅三分、長さ三寸五分ほどの竹篦《たけべら》で、黒く漆《うるし》が塗られ、平井筒《ひらいづつ》の紋が彫ってある。

張られた駒札は、半目の方が、かなり不足していた。

「半方、どうだ。半方が二十両足りないよ。半方、ありませんかっ」

参次は、半座の客を見まわした。

丁半博奕は、丁と半が同額で張るのが原則である。

賭けの金額が揃わない場合は、勝負を流してしまうか、胴元《どうもと》が足りない分を引き受けるか、どちらかしかない。

参次が、床の間を背にしている胴元の弥之助《やのすけ》の方へ視線を向けた時、

「――半だ」

気怠《けだる》げな声がして、かしゃっと二十両分の駒札が置かれた。

女壺振り師・お京の正面の、太い滝絞《たきしぼ》りの柄の単衣《ひとえ》を着た浪人者《ろうにんもの》が、持ち分を全部賭けたのである。

長身瘦軀《そうく》、二十代半ばであろう。

美しいとすらいえるほど整った容貌《ようぼう》だが、甘さは微塵《みじん》もない。肌は浅黒く、その双《そう》眸《ぼう》は、あくまで昏《くら》かった。

その顔を、お京は、じっと見つめる。

「こりゃあ、御里《みさと》の旦那。有難うござんす」

参次は頭を下げた。

「では――勝負！」

お京が、さっと壺を上げる。鹿の角で出来ている賽子の目は、四と二であった。

「四二の丁っ」

客の誰かが、ほうっ……と溜息をついた。

T字型の駒棒で、半座の駒札が中盆に掻《か》き集められ、五分の寺銭《てらせん》を引いた配当金が、

勝った丁座の客に配られる。

「残念でござんしたね、旦那」

参次が愛想笑いをすると、

「博奕だからな。勝つ時もあれば、負ける時もある」

御里炎四郎《えんしろう》は、皮肉っぽく唇を歪《ゆが》めて、立ち上がった。

「今夜は、つきがないようだ……」

「お疲れ様でございやした」

再び、参次は頭を下げた。

炎四郎は、胴元の所へ行く。胴元の弥之助は、床の間の刀掛けから炎四郎の大刀をとって、彼に差し出した。

「もう少し、遊んでいっちゃどうです。駒札なら、まわしますぜ。御里の旦那なら、取りっぱぐれの心配はねえ」

「折角だが、やめておこう。四二目《しにめ》で引き下がるのが、俺には似合いだ」

左腰に大刀を落とすと、

「胴元。何か儲《もう》け話があったら、声をかけてくれ」

そう言い捨てて、炎四郎は廊下へ出た。

「へい、そりゃあもう……」

弥之助の声を背中に聞いて、若い衆の案内で玄関へ向かう。

その建物は、小石川《こいしかわ》にある禄高《ろくだか》二千石の旗本の下屋敷《しもやしき》の母屋だった。弥之助や参次たちは、ここで働いている中間《ちゅうげん》なのである。

病気療養でもない限り、主人やその家族が下屋敷へ来ることは、ほとんどない。だから、用人《ようにん》さえ仲間にすれば、下屋敷は中間たちの天下で、賭場さえ開けるのであった。

しかも、武家屋敷には町奉行所の者は踏みこめないから、客は安心して遊べる……。

炎四郎が、その下屋敷を出たのは、丑《うし》の上刻《じょうこく》――午前二時すぎであった。

さすがに、空気はひんやりとしていた。空には、鎌のように細い三日月が浮かんでいる。

薬草園の脇の道を、懐手の炎四郎は、ゆっくりと歩いてゆく。

あの賭場へ入ったのは戌《いぬ》の中刻ごろで、勝ったり負けたりで四時間ほど遊び、持ち金十両を失ったことになる。

しかし、炎四郎にとって、博奕の勝ち負けはどうでもよいことであった。

江戸の暗黒街で凄腕の〈事件屋〉として名高い彼は、その仕事の性質上、あらゆる方面に人脈を作り、情報のアンテナを張っておく必要がある。

あちこちの賭場へ出入りするのは、そのためで、勝負そのものには無頓着《むとんちゃく》だ。

負けても決して怒らず、勝っては十分すぎるほどの酒手《さかて》を置いていくので、金離れのきれいな上客として、どこの賭場でも炎四郎は大事に扱われた。

普段から、こういう所に金を使っておかないと、この稼業は成り立たない。

「さて……」

そう呟いて、炎四郎は立ち止まった。

背後から、せかせかと近づいて来る足音が聞こえる。女の足音だった。

「ちょいと、ご浪人さんっ」

声をかけられて、炎四郎はゆっくりと振り向いた。

提灯《ちょうちん》を下げて追いついて来たのは、女壺振り師のお京であった。お京は、胸を波うたせながら、

「男の足は早いねえ。あたしゃ、息が切れちまったよ」

「俺に何か用かね」

驚きもせずに、炎四郎は言った。

「あら、ご挨拶だこと。壺振りを代わってもらって、追いかけて来たのに……」

「そんなことをして、弥之助が怒らなかったのか」

「いいのよ。どうせ、あの安蠟燭の臭いで、頭が痛くなってたところだったんだから」

江戸で消費される蠟燭の三分の二は、大坂で製造されたものだが、魚油や獣脂が原

料なので、ひどい臭いと煤《すす》が出たのである。

「ところで、ご浪人さん。財布の底まではたいちまって、これからどうするつもりなの」

見上げる目が、凄いほど色っぽい。

根津権現《ねづごんげん》の門前町にある家へ帰れば、かなりの貯えがあるし、たとえ無一文になったところで、面倒を見てくれる女に不自由はしていないが、炎四郎の口から出た答は、

「さあな。人間、水だけで十日や二十日は生きられるそうだから、どうにかなるだろう」

女は、くくくく……と喉の奥で笑って、

「ご浪人さんみたいな佳《い》い男が、水っ腹かかえて転がってるなんて、あまり見っともいい図じゃありませんよ」

「そうかね」

「ねえ……ご浪人さん、事件屋稼業なんですって？　だったら、腕には自信があるでしょう？」

「まあ、な」

炎四郎は、軽く大刀の柄頭《つかがしら》を叩く。

「だったら、ちょいと付き合ってよ」

女の目が怪しく光った。

「百両になるっていう、大仕事があるんだから――」

2

「さ、旦那。まずは一献《いっこん》」

お京は、胡座《あぐら》をかいた炎四郎に、銚釐《ちろり》を差し出した。

小石川馬場の近くにある〈久松《ひさまつ》〉という料理茶屋の一室で、馬ぜめで一汗かいた旗本衆を当てこんだ店だ。

内湯もあり、酒肴を提供するのは勿論、別の汗をかく方の斡旋もするという。

お京は、この店では顔らしく、深夜であるにもかかわらず、すぐに二階の奥座敷に通された。

二人の前の膳には、煮唐辛子を添えた雉子《きじ》肉の焼鳥、ひじきの白和《しらあえ》などが並んでいる。

注《つ》がれた酒を一息に飲み干した炎四郎は、かすかに頷いて、

「下《くだ》りものだな」

そう呟く。蠟燭と違い、酒は、関西から運ばれたものの方が上等であった。

「いける口みたいだねえ。さあ、もう一杯」

馴々《なれなれ》しい口調で、お京は勧める。

「いや……」

炎四郎は杯を伏せた。

「あとは、仕事の話が終わってからだ」

「おや、意外とお堅いこって」

お京は、銚釐を置いて、

「どういう事はないのさ。明日の晩、戌の上刻に茅場町《かやばちょう》の薬師堂《やくしどう》ん所で、貸本屋の太助《たすけ》ってのが、ちょいとした取引をするんでね。揉めないように、立ち会って欲しいんだよ」

「強請《ゆす》りの手伝いというわけだな」

無頼《ぶらい》の浪人者の唇に、皮肉っぽい笑いが浮かんだ。

「……」

口を噤《つぐ》んだお京は、緊張した面持《おもも》ちで、炎四郎を見つめる。

「俺の手間賃が百両ということは、強請りの総額は五百両は下るまい。相手は旗本か、それとも大店《おおだな》の主人か」

「言わなきゃいけませんかねえ」

「引き受けてもいい。一切の事情を話してくれればな」
ふぅ……と、お京は溜息をついてから、
「しょうがねえや。相手は、深川《ふかがわ》の仙台堀《せんだいぼり》の堀端の屋敷に住んでいる五十嵐音弥《いがらしおとや》とい
う能役者なんだよ」
「……………」
「能役者といっても、まだ十四、五の小僧っ子で、看板も出してなきゃあ弟子の一人
もいるわけじゃなし……凄いほど綺麗《きれい》な子らしいが、軀が弱いとかで、ほとんど外出
もしないのさ。掛人《かかりうど》って名目の用心棒の田端左門《たばたさもん》、それに下男の豆吉《まめきち》って爺ィ《じじ》の、
三人だけで住んでるんだ」
「音弥は、どこかの大名家か旗本のお抱えなのか」
「いや。そのくせ、けっこう贅沢な暮らしをしてやがるのさ。何かあると踏んだ太助
は、貸本の商売で出入りしながら、根気よく豆吉爺さんの碁の相手になって、とうと
う、その秘密を聞き出したんだ。実は、音弥は、ある大身《たいしん》の旗本の後家さんの囲い者
なんだよ」
「……………」
「助兵衛《すけべえ》後家が、旦那が死んじまって息子に家督を継がせて、てめえは仙台堀の屋敷
に通って、息子より若い餓鬼《がき》と乳繰《ちちく》り合《あ》ってるわけさ。ああ、厭《いや》らしい」

女壺振り師は、大げさに眉《まゆ》をしかめて見せた。

「それでね。その後家が、重代の家宝の能面を、音弥にくれてやったのさ。百何十年か前に打たれた、ええと、何とか法師《ほうし》って面だけど……」

「弱法師《よろぼし》か」

「そうそう、その弱法師ってのを、あたしが豆吉爺さんを色仕掛《いろじか》けで誑《たぶら》かしてる間に、まんまと太助が盗み出したのさ。しかも、その箱には、後家が音弥に出した手紙まで入ってたんだ」

お京は、自分の杯に注いで、これを干してから、

「旗本の後家が、能役者に色狂いした挙げ句に、お家の重宝を艶書《えんしょ》付きで渡したという事が、もし表沙汰になったら、あんた、どうなると思う」

「軽くすんでも、当主《とうしゅ》はお役御免《やくごめん》。悪くすれば……取り潰《つぶ》しだろうな」

「だろう？　だから、音弥は是が非でも、面と手紙を買い戻さなきゃならないんだ。七百両でね」

「太助というのは、お前の情人《いろ》か」

「まあね」

「本業は盗人《ぬすっと》なのだな」

お京は、それには答えず、薄笑いを浮かべて酌をした。

「これで、すっかり話しましたよ。引き受けてくれるんでしょう、旦那」

「田端左門という用心棒は、凄腕なのか」

「太助の見立てじゃ、十人や二十人は、あの世に送ってそうな面構《つらがま》えだそうだよ」

「旗本屋敷の方からも、加勢が来るかも知れんな」

「旦那……今更、断る気じゃないでしょうねえ」

ぎらり、と凄い光を目に宿らせて、お京は浪人者を睨《にら》みつけた。

事情を全て話した以上、仲間にならないというのなら、口封じのために始末しなければならない。お京の右手が、袂《たもと》に隠した剃刀に触れた。

「いや、引き受けよう」

炎四郎は、昏い情熱を秘めた口調で、静かに言った。

「先祖の手柄のおかげで、のうのうと暮らしている直参《じきさん》の連中に、一泡ふかせてやるのも一興だ」

一介《いっかい》の素浪人《すろうにん》でありながら、天下万民のために政事《まつりごと》を批判する檄文《げきぶん》をばら撒《ま》き、ために鈴ケ森《すずがもり》で処刑台の露と消えた父親の無念を思うと、惰眠《だみん》を貪《むさぼ》る直参旗本など、搾《しぼ》り取れるだけ取ってやればいいのだ――と炎四郎は胸の中で呟く。

「嬉しいっ」

ほっとしたお京は、炎四郎の左肩にしなだれかかった。甘ったるい声で、

「ねえ……酔っちまったみたい」

「お前は下戸《げこ》か。まだ、一杯しか飲んでいないだろう」

「ううん。旦那の男っ振りに、酔っちまったんですよ」

そう言うと、目を閉じ、顎を上げる。

「……」

女の頤《おとがい》に指をかけると、炎四郎は唇を重ねた。待ち兼ねたように、お京の舌が滑りこんで来て、男の口腔を情熱的にまさぐった。

その一方で、右手が炎四郎の股間に伸びて、下帯《したおび》に包まれたものに触れる。

「あら……」

唇を離して、お京は驚きの表情になった。

「まだ柔らかいのに、こんなに巨《おお》きいなんて……」

「確かめてみるがいい」

炎四郎に促されて、お京は、下帯の中から男根を引き出した。並みの男の勃起時と同じくらいに巨きい。黒々と淫水焼《いんすいや》けしたそれを、白い両手で熱心に擦《さす》る。

その甲斐《かい》あって、炎四郎のものは、天を突いてそそり立った。

「凄い……なんて立派なんだろう……」

お京は喘《あえ》いだ。

玉冠の縁が大きく張り出し、茎部には、うねうねと血管が浮き上がっている。

長さも太さも、平均の倍以上あった。しかも、火のように熱く石のように硬い。

黒光りした玉冠の先端には、透明な露が溜まっている。

これほどの逸物は、さすがのお京も、見たことも聞いたこともなかった。

「旦那……しゃぶってもいい？　先っぽだけでいいからさあ」

欲情に潤んだ目で、お京は哀願した。

炎四郎が無言で頷くと、すぐに顔を伏せて、それを咥《くわ》えた。

大きな口を開けて、いっぱいに頬張り、頭を上下させる。

長大すぎて、お京は、剛根の半分も呑《の》みこむことが出来なかった。そのかわり、喉の奥に当たるまで、深く咥える。

そして、いったん口を外すと、玉冠の下の深いくびれを、舌先で抉《えぐ》るようにした。

「ねえ、柱んとこも舐めてもいいでしょう」

「うむ」

お京は、嬉しそうに舌を伸ばすと、根元からくびれまで何度も何度も、猫のように舐め上げた。同時に、彼女の右手は、垂れ下がった布倶里《ふぐり》を柔らかく揉みまわしている。

江戸の暗黒街を生き抜いて来たお京だけに、その性技は巧みであった。

「ああ……」

剛根の根元に鼻先を押しつけて、女壺振り師は呻《うめ》いた。

「しゃぶりたい、この袋もしゃぶりたいよ、旦那ァ」

だだっ子みたいに、身をよじる。

「好きにするがいい」

淫靡《いんび》な行為の真っ最中でありながら、炎四郎は、他人事のように無表情だった。

「むぅ……美味《おい》しいよォ……」

ぴちゃぴちゃ、と猫の子が水を飲むように、お京は布倶里を舐めまわした。

炎四郎の方は、女の着物の裾をまくり上げて、丸い臀《しり》を剝《む》き出しにしていた。

そして、臀の谷間の下にある花園を、指で嬲《なぶ》る。秘丘をおおう繁みは豊穣《ほうじょう》で、すでに花園は秘蜜《ひみつ》で濡れそぼっていた。

お京は、瑠璃玉《るりだま》を片方ずつ口の中に含み、舌の先で転がす。

その頃には、溢れた透明な秘蜜が、内腿をつ――っ……と流れ落ちるほどになっていた。

「んぐ、んぐ……旦那ァ……お願い……」

股間から顔を上げ、お京は、泣きそうな顔で求めた。

「よかろう」

炎四郎は胡座をかいたまま、お京の軀を軽々と持ち上げて、自分の膝を跨《また》がせた。

そして、秘蜜まみれの花園を、屹立《きつりつ》した巨砲で貫く。

いわゆる〈茶臼《ちゃうす》〉という態位《ラーゲ》だ。

「ひいいぃ……っ！」

あまりにも偉大な侵入者に、お京は仰《の》けぞった。

花孔の入口から奥の院まで、髪一筋の隙間もなく、灼熱の肉柱が占領している。

それでも、まだ、入り切らずに余っている部分があるのだ。

炎四郎は、お京の襟元を大きく開いて、胸乳《むなぢ》を露出させる。

乳輪は薄桃色だが、大きい。その豊かな乳房に顔を埋めるようにして、炎四郎は、丸い臀を両手で抱えた。

ゆっくりと、お京の軀を上下させる。

「あぁ、炎四郎様……中で擦《こす》れてる……凄い……」

女は、舌先で自分の唇を舐めまわしながら、爪先立ちで腰を揺すった。

「お京――」

冷静に、そして巧みに女を責めながら、炎四郎は問うた。

「さっきの話に、嘘はあるまいな」

「そんな、ひどい……」

「賭場と違って、いかさまは許さんぞ」

「！」

お京の肉体が硬直した。反射的に、花孔が、きゅっと締まる。

「気づいてたんですか、炎四郎様……うっ」

下から大きく突き上げられて、お京は白い喉を見せた。炎四郎は冷笑を浮かべて、

「おそらく、壺に〈はこ〉という仕掛けがしてあったのだろう」

賽子博奕の如何様は、賽子、壺、盆茣蓙《ぼんござ》、この三つのどれかに仕掛けをする。

お京が使った〈はこ〉というのは、壺の内側に紙製の小さな箱を竹のピンで取り付けるものだ。

そして、壺へ二つの賽子を投げこむ時、この箱へ入れ、その目を読む。

そのまま伏せると、賽子は回転しないから、入れた目の反対側が出るわけだ。

もし、その目を変えたいと思ったら、壺を上げる時に、その内側の縁に賽子を引っかけて、転がしてしまえばよい。

客が壺を検めさせてくれと言ったら、渡す時に箱を抜き取ってしまえばいいわけだ。

「でも……炎四郎様は、どうして〈はこ〉に……？」

「賽子を壺に投げ入れた時に、転がる音がしなかった」

「恐ろしい人……う、あうっ」

「賭場の件は許す。俺を一文無しにして、仕事に誘うためだろうからな」

炎四郎は、力強く突き上げながら、

「だが、仕事のことで騙《だま》したら、命はないと思えよ」

「あ、あぁぁ……殺して……今、ここで突き殺してぇ……！」

お京は全身を痙攣《けいれん》させて、快楽の絶頂に達する。

その柔肉の奥深くに、炎四郎は、したたかに熱い溶岩流を放った。

3

山王祭《さんのう》、神田明神祭《かんだみょうじん》、深川八幡祭《ふかがわはちまん》――この三つを、江戸の三大祭という。

特に山王祭と神田明神祭は、将軍の上覧に供することから、〈天下祭《てんか》〉と呼ばれていた。

山王祭は陰暦六月十四・十五日、神田明神祭は九月十五日である。

だが、あまりにも双方とも豪華すぎて、町内の費用負担が莫大なものになるため、延宝《えんぽう》九年からは一年毎に双方が交替で催されることになった。

山王祭のコースは、神輿《みこし》と四十五台もの山車《だし》が日吉《ひよし》山王権現を出発点にして、山下《やました》門《もん》から入り、半蔵門《はんぞうもん》から曲輪《くるわ》の内に入って、将軍家上覧所の前を通過し、竹下門《たけしたもん》から出て常盤橋《ときわばし》へ至る。

さらに神輿の行列は、本町《ほんちょう》から鉄砲町《てっぽう》、小網町《こあみ》などを経て、霊巌橋《れいげんばし》を渡り、茅場《かやば》町の山王権現御旅所《おたびしょ》で奉幣・神饌《しんせん》を献じ、夜まで休息をとる。

その山王権現御旅所と同居している薬師堂の境内が、取引の場所であった。

戌の上刻――午後八時。

貸本屋の太助と女壺振り師のお京、それに御里炎四郎は、恵心僧都《えしんそうず》の作と伝えられる薬師如来像《やくしにょらい》を安置した御堂の前にいた。

当然のことながら、境内には、他に人の姿はない。

薬師堂の右手に御旅所が、左手には稲荷社がある。参道の両側には、一対の石灯籠《いしどうろう》があり、三人を淡く照らしていた。

毎月、八日と十二日は縁日で、薬師堂の境内に盆栽市などが立つ。

八年前の元禄十五年、赤穂《あこう》の浪士団が吉良上野介《きらこうずけのすけ》邸へ討ち入りし、その首級を上げるという大事件が起こった。この時、四十七士への厳罰を五代将軍綱吉《つなよし》に強く言上した儒者・荻生徂徠《おぎゅうそらい》は、薬師堂の近くの植木店《うえきだな》に住んでいる。

捨て鐘三つを除いて、六つと半分の鐘の音が鳴り終わると、三人は、何となく顔を見合わせた。

「遅いじゃねえか、音弥の奴ァ」

風呂敷包みを手にしたお京は、伝法《でんぽう》な口調で言った。彼女が持っているのが、能面の納まった大きな桐の箱である。

「心配するな。たっぷりと脅しておいたから、よもや、待《ま》ち惚《ぼう》けはさせるめえよ」

太助は、欠けた前歯を剝き出しにして、にたにたと笑った。

中肉中背だが、頭が大きく額が広い福助顔《ふくすけづら》で、いかにも屋敷出入りの商売に向いた、愛敬たっぷりの顔つきだ。この三十男の裏の稼業が盗人だとは、誰も思うまい。

「さっきから気になってたんだけど……この箱、何か臭わないかい」

お京は、鼻の頭に皺《しわ》をよせた。一瞬、頰を引きつらせた太助は、すぐに早口で、

「そりゃ、おめえ。百年だか百五十年前だかの面だもの。黴《かび》臭くて当たり前さ。七百両になると思えば、その臭いも有難いってもんだぜ」

「そうかねえ。それにしても、随分と大きな箱だよ、こいつは」

炎四郎は、黙って二人のやりとりを聞いていたが、

「――来たようだな」

そう言って、坂本町《さかもと》に面している正門の方を向いた。太助とお京も、はっと、その方を見る。

黒板塀の門をくぐって、二人の影がこちらへ歩いて来た。

前に立って提灯を持っている大男が、用心棒の田端左門、背後の細身で頭巾を被った少年が、五十嵐音弥であろう。

「持って来たか」

三人の前で足を止めた左門が、錆《さ》びたような声で訊《き》いた。

灰色の袴と藍色の小袖《こそで》を着ている、身《み》の丈《たけ》が六尺以上もある巨漢だ。

濃い髭におおわれた顔の奥で、両眼が野生動物のように青光りしている。

太助とお京は、思わず、二、三歩、後ずさってしまった。

「そ、そいつは、こっちが言う台詞《せりふ》だっ。金ァ、持って来たんだろうな！」

胴震いしながらも、太助は喚《わめ》いた。

「——太夫《たゆう》」

炎四郎に、ひたと冷たい視線を当てたまま、巨漢は背後の音弥に言った。炎四郎もまた、左門から目を離さない。

双方とも、一目で相手の力量を見抜いたのである。

両者の距離は、二間——三・六メートル。

「はい……」

蚊の鳴くような細い声で返事をして、音弥は、左門の脇を通って、太助の前へ行った。

「善《よ》い人だと思っていたのに……」

恨みがましく、そう言うと、大きな風呂敷包みを差し出す。

「へっ、一つ利口になったじゃねぇか。人は見かけによらねえってな」

胸元に抱えるようにして、太助は、その包みを受け取った。元禄《げんろく》小判七百枚は約十二・五キロだから、かなりの重さだ。

太助は、その場にしゃがみこんで、もがくようにして風呂敷包みを解く。

小判の紙包みが二十八個、ある。一つの封紙を破ると、夜目にも確かに、金色に輝く本物だと判った。

「間違いないんだね、お前さんっ」

肩越しに覗きこんだお京が、上ずった声で訊く。太助も頷いて、

「おう、正真正銘の小判だぜ！」

音弥は、すっとお京に近づいた。

「さ、返して下さい。それを」

「ほらよっ」

お京は放り投げるように、桐箱の風呂敷包みを少年に渡した。

「太夫、どうだ」

左門が問う。

「この臭いは確かに……」

風呂敷包みを抱えた音弥が、そう言いかけた刹那《せつな》――左門は、右手の提灯を炎四郎へ投げつけた。

同時に、巨体に似合わぬ素早さで踏みこみながら、すでに鯉口《こいぐち》を切っていた大刀を抜き放つ。

「ちっ」

それを予測していた炎四郎は、とっさに右へ跳んで、左門の抜き打ちを躱《かわ》した。

そして、巨漢の左肩めがけて、抜刀する。

両者の間で火花が散った。振り下ろした炎四郎の刃《やいば》を、左門が返した大刀で受け止めたのである。

地面に転がった提灯が、ぱあっ、と燃え上がった。

左門は、不利な姿勢にもかかわらず、

「であっ」

下から、炎四郎の大刀を撥ね上げた。

凄まじい剛力《ごうりき》である。力も業《わざ》も、今まで闘った剣客《けんかく》の中で、一、二を争う怪物であろう。

左門は、左の逆手《さかて》で脇差《わきざし》の柄を握った。体勢の崩れた炎四郎の足を狙って、その脇差を抜刀する。

「うっ」

危うく跳びさがった炎四郎は、左の太腿に負傷したのを知った。

石灯籠の蔭に、身を隠す。

「ふ、ふふ……」

右手の大刀を大上段に、左の逆手脇差を水平に構えて、巨漢・田端左門は、じりじりと石灯籠に近づく。

炎四郎は、右脇構えに移った。生温かい液体が左膝や脛を濡らしているが、そこに目をやるような余裕はない。

左門は、石灯籠をはさんで、炎四郎と対峙した。炎四郎が右へ飛び出せば大刀で、左へ飛び出せば脇差で、始末するつもりだ。

「さあ、どうする」

にたり、と鱶《ふか》のような嗤《わら》いを見せる。

その瞬間、信じがたいことが起こった。炎四郎の大刀が、石灯籠ごと左門を斬り上げたのだ。

「げぇ――っ！」

夢想だにしなかった一撃に、左脇腹から右肩まで斬り割られて、左門は絶叫した。

ごとっ、と石灯籠の上部が地面に落ちる。

その上に、巨漢の鮮血と臓腑が、爆発的に飛び散った。そして、その真っ赤な海の中に、左門は前のめりに倒れ伏す。

すでに跳び下がっていた炎四郎は、ゆっくりと刃に拭いをかけた。

「これが……」

弱々しいかすれ声で、髭の巨漢は呟く。

「鹿島神道流《かしましんとうりゅう》の地蔵斬《じぞうぎ》りか……」

がくっと首を垂れ、田端左門は絶命した。

ほぼ同時に、裏門と正門の方で悲鳴が上がった。

裏門には、炎四郎を置き去りにして逃げ出した太助とお京が、倒れるのが見えた。正門に倒れたのは、音弥だ。

「お京っ！」

太腿の傷を手当てする間もなく、炎四郎は裏門の方へ走る。

心臓に黒い八方手裏剣の突き立ったお京は、驚愕に目を見開いたまま、すでに死亡していた。

その瞼を閉じてやってから、炎四郎は、太助の方を見た。八方手裏剣に首の付根を斬り裂かれながらも、太助は、まだ息があった。

「太助、しっかりしろ」

「だ、旦那……申し訳ねえ……」

唇を震わせて、太助は呻くように言った。

「あれは偽物……なんだ……本物は……」

炎四郎は、太助の口元に耳を近づける。しかし、何か言う前に、ごぼごぼと血の泡を吹いて、太助は息絶えた。

七百両の風呂敷包みは、どこにもない。

「…………」

顔を上げた炎四郎は、音弥のそばに立っている二つの影法師に気づいた。

が、その影法師は、すぅ……と闇に溶け込むようにして消えてしまう。

それを見て、八方手裏剣は公儀伊賀組同心《こうぎいがぐみどうしん》の武器であることを炎四郎は思い出した。

理由は全くわからないが、どうやら、お京たちを殺《や》ったのは伊賀者らしい。

炎四郎は、左足を引きずりながら、正門の方へ行く。血で、左の草履《ぞうり》が滑りそうだ。

五十嵐音弥は、首と胸に二本の八方手裏剣をくらって、死んでいた。

頭巾のとれた顔は、血の気が引いて蠟のように白いが、さすがに少女と見間違《みまご》うほどに美しい。

そばに、蓋の外れた桐箱が転がっている。その中身が、地面に捨てられていた。

能面などではない。

真新しい白羽二重《しろはぶたえ》の肌襦袢《はだじゅばん》であった。

しかも、排泄物がなすりつけられ、ひどく汚れている。悪臭の正体は、これだったのだ。

(伊賀の忍者と汚れた羽二重……)

さすがの炎四郎にも、何がどういう事なのか皆目、見当がつかない。

「む……」

ようやく、左足の痛みと出血に、炎四郎は呻いた。その場に、右膝をついてしまう。

「――どうかなされましたか」

思いがけないほど近くで、人の声がした。

炎四郎は、脂汗の浮いた顔を上げて、声の主を見た。提灯を手にした相手も、炎四郎を見た。

「あっ」

驚きの声をあげた、その人物は、男装の娘兵法者・伊志原薫《いしはらかおる》であった。

4

薫の肩を借りた炎四郎は、もう戸を閉めていた煮売り屋を叩き起こして、店の中へ入った。

ぶつぶつと文句を言っていた親爺《おやじ》は、小判を握らされると、途端に機嫌がよくなり、すぐに医者を呼びに行った。

炎四郎は、畳二枚ほどの小さな座敷に上がると、単衣と肌着を脱いで、下帯だけの裸になった。

奥から、晒し布と焼酎を持って来た薫が、それを見て頬を赧《あか》らめる。薫は、水色の小袖に藍の袴という姿だ。

傷は、左太腿の正面に、斜めに二寸ほどの長さであったが、幸いにも深くはない。膝や脛は、黒っぽく固まりかけた血と流れ出したばかりの鮮血が入りまじって、真っ赤な泥絵具を叩きつけたようになっていた。

刀の下緒《さげお》で、薫は、袂が邪魔にならないように襷《たすき》掛《が》けした。

そして、男の下帯に包まれた部分に目をやらないようにしながら、焼酎で傷口を洗ってやる。

「……」

相当にしみるはずだが、炎四郎は奥歯を噛みしめたまま、声を立てない。それでも消毒が済むと、ふっと肩から力を抜いた。

傷口に晒し布を巻いてから、薫は、微温湯《ぬるまゆ》で男の膝や脛の汚れを洗う。

「――なぜ、今時分、こんな所に」

甲斐甲斐《かいがい》しく世話をしてくれる薫に、炎四郎は、訊いた。

「深川《ふかがわ》・大島町《おおしま》に住む親戚の家に、届け物をしての帰り道でした」

男の足指の間にこびりついた血を、丁寧に洗い落としながら、薫は淡々と答える。

「夕食を一緒にと勧《すす》められ、つい、話しこんでしまって……」

「そうか」

炎四郎は、男装の美剣士の白いうなじを見つめた。

彼は、この娘兵法者を三度犯している。

最初は、辻斬《つじぎ》りと間違えて斬りかかって来た薫に当身をくらわせ、その純潔を奪ったのだ。

その後、薫は二度、仕返しを企てたのだが、二度とも失敗し、背後の不浄門と口唇を犯されている。

つまり、炎四郎は、女の三つの貞操を、ことごとく凌辱したのである。

その薫に、こうして傷の手当てをしてもらうというのは、実に皮肉な気分であった。

「薫」

炎四郎は、娘の名を呼んだ。

「……はい」

「今なら、俺を斬れるかも知れんぞ」

薫の手が止まった。

ややあって、彼女は顔を上げる。

その双眸《そうぼう》は涙をいっぱいに湛《たた》え、ひどく大きな茶色っぽい瞳は、風の中の花のように震えていた。

「なぜ……なぜ……そのような事をおっしゃるのですか」

絞り出すような声で、薫は言う。

「わたくしは……薫は……七つ屋屋敷で、はしたなくも自分から求めてしまった、あの日から……炎四郎様を生涯でただ一人の男性《ひと》と、心に決めていますのに……」

ほろりと、珠《たま》のような涙の粒が白い頬にこぼれ落ちる。

それを見て、炎四郎は、己れの渇き切った傷だらけの心に、疼痛《とうつう》が走るのを感じた。

未《いま》だかつて、ただの一度も、女を愛しいと思ったことのない無頼の男の胸に、今、小さな炎のようなものが、揺らめいている。

「炎四郎様、わたくしは……」

すがるような熱い眼差《まなざ》しで、薫が何か言おうとした時、がたんと音がして表戸が開かれた。

「遅くなりました、旦那。駕籠《かご》屋にも、声をかけときましたから」

親爺が、医者と薬持ちを連れて、店の中へ入って来た。

薫は、さっと立ち上がって、脇へどく。襷掛けを外し、「では、わたくしは、これで……」と言って、店を出て行った。

炎四郎は、その後ろ姿を無言で見送る。

「ほほう。これは行き届いた手当てじゃ」

晒し布を解《ほど》いて傷口を見た医者が、感心したように首を振った。

5

炎四郎に命じられて、情報収集に駆けずりまわった新吉が、根津権現《ねづごんげん》門前町の家を訪れたのは、薬師堂の事件から三日目の午後であった。

すでに、強靱《きょうじん》な生命力によって、炎四郎の太腿の傷はふさがり、薄皮がはっている。

炎四郎は縁側の柱にもたれかかり、殺風景な庭を眺めながら、新吉の報告を聞いた。

薬師堂境内に転がっていた四つの死骸については、流しの辻斬りの仕業ということで、町奉行所は捜査を打ち切ったそうだ。

煮売り屋の親爺や医者が、現場近くで怪我をしていた炎四郎のことを町方に喋っただろうに、何の音沙汰《おとさた》もないのが、かえって不気味である。

下谷長者《したやちょうじゃ》に太助とお京が借りていた家の中は、竜巻でも飛びこんだのではないかと思われるほど、目茶苦茶に荒らされていたという。

縁の下の土まで掘り返してあったのだから、徹底している。しかも、近所の者は、この騒動に全く気づかなかったというから、例の伊賀同心の仕業だろう。

また、新吉が足を棒にして聞き込みをしたが、音弥のパトロンだったという旗本の未亡人の素性は、わからなかった。

五十嵐音弥以外の三人は、引き取り手が現われなかったので、無縁仏として処理されたそうだ。

「音弥の死骸は、誰が引き取った？」

「師匠にあたる浦部万太夫《うらべまんだゆう》って能役者ですよ。よく知らねえが、前の将軍様に贔屓《ひいき》にされた、偉い能役者なんですってね」

「綱吉は、能狂いだったからな」

前将軍を平然と呼び捨てにして、炎四郎は冷笑した。

世界史に残る悪法〈生類憐れみの令〉《しょうるいあわれみのれい》で有名な犬公方《いぬくぼう》・徳川綱吉は、歴代の将軍の中でも群を抜いた能マニアで、見ているだけでは満足できず、ついには自分で舞台に立つほどであった。

そのため、諸大名や旗本の間で、能が大流行した。

綱吉が病に倒れたのは、宝永五年十二月二十八日だが、その三日前にも、仕舞《しまい》十三番を舞っている。

そして、翌年一月十日に五代将軍は死亡した。六十四歳だった。

「まてよ……」

炎四郎は、宙に目を据えた。

事実の断片が寄り集まって、何かが頭の中で形になりそうな気がする。あの排泄物で汚れた肌襦袢は……。

「音弥が、仙台堀の屋敷へ入ったのは、いつのことだ」

「ええと……たしか、去年の一月ですよ。一月の末とかいう話で」

「綱吉の死んだ直後だな」

「まあ、そうですねえ。それまでは、万太夫の内弟子で、住みこみだったそうですから」

「そして、音弥を囲ってたのが誰か、どうしてもわからなかったんだな」

「そうです」

「だが、奴は、あの若さで七百両もの大金を持っていた。もしくは、すぐに都合できた」

「俺《オイ》らなんか、七両の都合もつきゃしねえ」

新吉は首をひねった。

「金の生《な》る木でも、持ってたんですかねえ」

「それに近いようだ」

炎四郎は立ち上がった。

「旦那、どちらへ？」

「十文字屋《じゅうもんじや》に会いに行く」

大刀を左腰に落として、炎四郎は、そう言った。

その眼は、獲物を見つけた獅子《しし》のように、炯々《けいけい》たる光を放っている。

6

「――たしかに、先の公方には、そういう噂がございました」

十文字屋六右衛門《ろくえもん》は、実直そうな顔で、そう言った。十文字屋は、江戸で三本の指に入るという書籍版元《はんもと》である。

「いや……噂というより、江戸城《おしろ》では、公然の秘密だったようです」

堺町《さかい》にある十文字屋の店の離れ座敷に、六右衛門と炎四郎はいた。廊下には、新吉が神妙に控えている。

「つまり、綱吉の能狂いは、実は若衆狂《わかしゅ》いでもあったのだな」

「はい。能役者の年若い弟子や小姓、笛師や鼓師の子弟にいたるまで、美しい少年と見れば、それこそ片っ端から士分《しぶん》に取り立てていたそうで」

古来、権力者の庇護を得るために、芸能と売色は、コインの裏表のように切っても切れない関係にあった。

能楽もその例にもれず、足利義満《あしかがよしみつ》が鬼夜叉《おにやしゃ》という十二歳の猿楽師を寵童《ちゅうどう》にし、足利義政《よしまさ》が十五歳の蓮阿彌《れんあみ》を寵愛したのは有名な話である。

三代将軍の家光《いえみつ》も男色《なんしょく》に耽《ふけ》って、春日局《かすがのつぼね》に諫《いさ》められたが、その子の綱吉もまた、根っからの衆道《しゅどう》好きであった。

六百七十石の小納戸役《おなんどやく》から十五万石の大名にまで異色の出世をした側近の柳沢美《やなぎさわみ》濃守吉保《ののかみよしやす》も、綱吉の寵童上がりだったらしい。

その生涯で、綱吉が関係した少年の数は百三十人といわれているが、それは記録に残っている分だけであって、実際はその何倍にも達している。

中でも特に比重が大きかったのは、能の関係者で、観世左近《かんぜさこん》の子・久米之助《くめのすけ》などは、六百石の旗本にまで出世している。

が、同じ若衆狂いといっても、家光と綱吉には決定的な違いがあった。

跡目相続の挨拶で謁見《えっけん》した慶光院《けいこういん》の十九歳の院主に一目惚れし、無理矢理に還俗《げんぞく》させて側室にしてしまったというエピソードがあるくらい、家光は女性に対しても積極的で、側室の数も多い。美少年とのＳＥＸにおいても、能動的な〈男役〉だった。

しかし、綱吉の方は、受動的な〈女役〉だったのである。つまり、数百人の美少年たちは、この倒錯将軍の臀を責めることを強要されたわけだ。

綱吉は、あまりにも、その背徳の快楽に耽ったために、末端の器官が弛緩《しかん》してしまい、寝巻や夜具などを排泄物で汚すことが多かった。

それを、どう始末したか。

何と、この倒錯将軍は、それを〈御穢《およご》れ物入《ものい》れ〉という長持《ながも》ちに入れて封印し、まるで宝物か何かのように、相手をした少年に下げ渡したのである。その長持ちは、深夜、ひそかに本丸から運び出された。

征夷大将軍の長い歴史の中で、自分の汚物を家臣に下げ渡すなどという異常なことをしたのは、この綱吉くらいであろう。

五十嵐音弥もまた、綱吉の寵童の一人であったのだ。時期的にみて、最後の寵童であった可能性が高い。

それなら、下賜金《かしきん》も莫大だったはずで、七百両もの大金を即座に用意したのも、当然である。

旗本の後家や弱法師の能面の件は、太助がお京に語った作り話で、彼が屋敷から本当に盗み出したのは、綱吉の汚れた肌襦袢だったのだ。

「しかし、そういう長持ちは、公方の葬儀の直後に、増上寺《ぞうじょうじ》で一まとめにして燃やし、その灰は海に捨てたと聞いております」

「封印したまま、中身を確かめずに焼いたのだろう。音弥は、こっそりと肌襦袢だけを抜き出して、手元に置いておいたのだ」

「遺品として懐かしむためですかな」

炎四郎は苦笑して、

「さあな……俺は、何かあった時にお墨付きがわりにする気だった、と思うがね」

「これは何とも……」

あまりにも浅ましい話に、六右衛門は、あきれたように首を振った。

「するってえと、太助の野郎は、何で偽物を音弥につかませたんですかね。相手は、ちゃんと七百両、払ったのに」

新吉が、廊下から口を出した。

「何度でも、強請《ゆす》る気だったのだろうよ。有金を全部、吐き出させるためにな」

「それで、太助たちを殺《や》った連中は、家捜しをしやがったんですね。本物の肌襦袢を見つけるために」

「しかし、その太助という男は、本物をどこに隠したのでしょう。きっと、意外な場所でしょうが」

六右衛門の問いに、炎四郎は、しばらくの間、考えこんでいたが、

「――そうだ。それに違いない」

7

深川・仙台堀の堀端にある五十嵐音弥の屋敷は、無人であった。

新吉が仕入れた情報によると、下男の豆吉老人の死骸は、音弥たちが殺された翌日、江戸湾を漂流しているところを、漁師に発見されたという。

袈裟懸《けさが》けで一太刀というから、肌襦袢を盗まれた責めを負って田端左門に斬り殺され、大川へ放りこまれたのだろう。

炎四郎と新吉は、簡単に屋敷内に入ることができた。

四百坪ほどだから、三百石クラスの旗本の屋敷と同じくらいの広さだ。

そろそろ、初秋の陽が西の空に沈もうとしている時刻である。死に損なった季節外れのひぐらしが、庭の樹にしがみついて、弱々しく鳴いていた。

二人は縁側から上がって、六畳の仏間へ入った。

新吉が仏壇の裏側の壁に手をかけると、横へスライドして、隠し戸棚が現われる。

「太助の言った通りだな」

炎四郎は、そう呟いた。

この秘密の空間に、犬公方の肌襦袢が隠してあったのだが、勿論、今は空っぽだ。

「さて……」

ゆっくりと部屋の中を見まわした炎四郎は、少し考えてから、

「新吉、上ってみろ」

天井を眼で示してみせた。

「へいっ」

長押《なげし》に手をかけると、新吉は身軽に、その上に乗って、隅の天井板を押し上げた。

そこから、天井に上体を突っこむ。

「見えるか」

「手探りで何とか……おっ、ありましたぜ、旦那っ」

天井裏から引っ張り出した埃《ほこり》だらけの桐の箱を、炎四郎に渡してから、新吉は飛び

降りた。

「驚いたね、どうも。まさか、盗んだものを、わざわざ同じ部屋に隠したとは。忍術使いどもが、いくら太助の家を捜しても、見つからねえはずだ」

「いかにも、盗人らしい知恵だな」

「でも、それを見抜いた旦那も、凄えや」

太助は、屋敷から持ち出す途中に発覚するのを怖れて、天井裏に隠したのだろう。

炎四郎が桐箱の蓋を開けると、汚れた白羽二重の肌襦袢が、中に入っていた。

布地にしみこんだ体液と排泄物が乾いて、そこに黴《かび》が生えている。ひどい臭いがした。

「けっ。胸が悪くなりますぜ、旦那」

新吉は、顔をしかめた。

「これが亡霊の忌《いま》わしい遺産か……」

炎四郎は、ぎりっと奥歯を嚙みしめた。

徳川綱吉の生類憐れみの令を批判したために、彼の父の城太郎《じょうたろう》は処刑された。

そして、当時九歳の炎四郎は、少年の身でありながら、八丈島《はちじょうじま》に流されたのである。

昨年、赦免となって江戸に生還するまでの十五年間、島での暮らしは地獄よりもひどく、彼の魂を血まみれにした。

無辜《むこ》の民を悪法で苦しめ、多くの処刑者や犠牲者を出しながら、当の将軍は江戸城の奥で、絹の寝巻にくるまり、美少年相手の淫靡《いんび》な快楽に耽っていたのである。

これほど理不尽なことが、他にあろうか。

「外道め……！」

炎四郎は、喉の奥から絞り出すように、言った。

こみ上げる怒りのあまり、全身がわなわなと震え出すのを止めることができない。

「旦那……」

これほど感情を露《あら》わにした炎四郎を見るのは、新吉は初めてだった。

その炎四郎が、不意に顔を上げて、新吉を睨みつけた。新吉は、目を丸くして、

「ど、どうしたんですか、旦那？」

炎四郎は、大刀の小柄《こづか》を抜いた。それを、手裏剣に打つ。

「ひっ！」

新吉は腰を抜かして、ひっくり返った。その頭上を飛んだ小柄が、障子を貫いて、中庭へ飛び出す。

きんっ、と小柄を弾く音がした。

立ち上がった炎四郎は、さっと障子を開いた。

松の樹の下に、根岸《ねぎし》色の忍び装束を着た二人の男が立っている。音弥の死骸のそば

にいた影法師と、軀つきが似ていた。

左側の奴の足元に、小柄が落ちている。

夕空が茜色《あかねいろ》に染まっていた。

「御里炎四郎――」

「大人しく、御穢れ物を、こちらに渡せ」

くぐもった声で、交互に言い放つ。

「公儀の伊賀組同心か」

「おうよ。わしは、三番組の火鷹《ひだか》の武五郎《ぶごろう》」

「わしは、千手《せんじゅ》の玄馬《げんば》じゃ」

「名乗ったところを見ると――」

草履をはいた炎四郎は、くいっと大刀の鯉口を切る。

「肌襦袢を渡したところで、俺たちを生かしておくつもりは、ないようだな」

「……」

炎四郎は、獰猛《どうもう》な嗤いを見せて、

「生憎《あいにく》と、俺は、あの肌襦袢を日本橋《にほんばし》の高札場《こうさつば》に晒して、犬公方の醜行《しゅうこう》を天下に公表してやるつもりだ。渡すわけにはいかん」

「是非もない」

武五郎と玄馬は、左右に跳んだ。

左側の武五郎が、続けざまに八方手裏剣を打つ。炎四郎は、抜き放った大刀で、それらを弾き落とした。

その時、右側へ走った玄馬が、ぱっと何かを放った。それは、蜘蛛《くも》の糸のように扇状に広がって、炎四郎の五体に絡みつく。

「むっ」

それは、ごく細い鎖の先に小さな分銅《ふんどう》を付けたものであった。長さは数間もあり、根元は一つになっている。

これが〈千手〉の異名《いみょう》の由来であろう。

「今じゃ、武五郎！　御穢れ物を早く！」

玄馬は叫んだ。

「おうっ」

武五郎は、仏間へ飛びこんだ。桐箱を持って奥へ逃げた新吉のあとを追う。

炎四郎は、千手鎖を振りほどこうとしたが、ぎりぎりと引き絞られて、身動きがとれない。

「くくく……たかが瘦《や》せ浪人の分際《ぶんざい》で、五代様の御名《おな》に泥を塗ろうとは。身の程知らずの大馬鹿者め」

玄馬は、大物を獲《と》った漁師のように、慎重に千手鎖を手繰り寄せる。

突然、炎四郎は、自分から玄馬に向かって突進した。思いがけぬ敵の行動に、玄馬は、あわてて忍び刀を抜こうとする。

が、それより早く、炎四郎は全力で彼に体当たりした。

玄馬は倒れ、炎四郎は、その向こうに転がった。千手鎖は緩んで、役に立たない。

「ちっ」

「でぇいっ」

片膝立ちになった炎四郎が大刀を突き出すのと、玄馬が忍び刀を抜き討つのが、同時であった。

ややあって、玄馬の口から、ごぼっと血の塊が吐き出される。両眼から意志の光が消えて、水っぽくなっていた。

炎四郎の刀が、彼の胸の真ん中を貫いていた。

一瞬、遅れた玄馬の刀は、刃筋《はすじ》がそれて、単衣の肩口を斬り裂いただけであった。剣の勝負に、厳密な意味での相討《あいう》ちはありえないのである。

炎四郎が大刀を引き抜くと、玄馬は、物も言わずに倒れた。

「……………」

千手鎖を解いて、炎四郎は立ち上がる。その時、障子とともに、新吉が庭へ転がり落ちた。

「旦那！　とられちまったァ！」

新吉は喚く。

桐箱を抱えた武五郎が、駆け出して来た。そのまま、野獣のような迅《はや》さで塀の方へ疾走する。

炎四郎は、手にしていた千手鎖を、武五郎に投げつけた。

「げっ」

細鎖が四肢《しし》に絡みついた武五郎は、桐箱を抱えたまま、その場に倒れた。

炎四郎が駆けよろうとすると、

「渡さぬぞ、炎四郎っ！」

そう叫んだ武五郎の軀から、しゃっと閃光《せんこう》が走り、次《つ》いで炎が上がった。

たちまち、全身が紅蓮《ぐれん》の炎に包まれる。桐箱もだ。

武五郎の忍び装束には、発火の仕掛けがしてあったのだろう。

「は……は……は……地獄まで……取りに来い……」

生きながら人間松明《たいまつ》となった武五郎は、炎の中で嗤っていた。

「……………」

炎四郎は、刃に拭いをかけると納刀した。

火達磨《ひだるま》となっても己れの任務をなしとげようとする忍びの者の気魄《きはく》に、彼は打たれたのである。

「だ、旦那……？」

薄闇の庭で燃える業火《ごうか》に背を向けて、炎四郎は歩き出した。その顔には、表情というものがなかった。

事件ノ五　赫《あか》い髪の娘

1

その夜——御里炎四郎《みさとえんしろう》は、頬に酔いの火照《ほて》りを感じながら、神田川堤《かんだがわづつみ》の北側の通りを歩いていた。

子《ね》の上刻《じょうこく》——午前零時すぎだから、通りに面した店々は皆、戸を閉めていた。勿論《もちろん》、人通りも絶えている。

晩秋の川風が、ひんやりと頬を撫でて行った。

宝永《ほうえい》七年——西暦一七一〇年、陰暦九月初旬である。

先月末のことだが、深川《ふかがわ》の材木問屋の大八車が、材木を積んで普請場《ふしんば》へ行く途中、道で遊んでいた四歳の男の子を轢《ひ》いてしまった。

その男の子は大腿部と右手を骨折したが、材木問屋の讃岐《さぬき》屋は不可抗力だと主張し、下駄職人の父親に見舞い金すら出さなかった。

日本で最大の消費都市である江戸府内を走りまわっている大八車の総数は、二千台にもなる。

これ以外にも、多数の馬車や牛車が走っている。当然、人身事故も多かった。

そのため昨年、大八車や馬車、牛車の人身事故に関しては、雇主《やといぬし》の監督責任を問う――という町触《まちぶ》れが出された。

しかし実際には、雇主が町方の役人に賄賂《わいろ》を渡して、有耶無耶《うやむや》にしてしまうケースが大半であった。

そこで、父親に頼まれた〈事件屋〉御里炎四郎が、深川に乗りこんだのである。

鳶口《とびぐち》や天秤棒《てんびんぼう》を手にした十数人の木場人足が、飛蝗《ばった》のように襲いかかって来たが、炎四郎は、たちまち叩きのめしてしまった。

さらに、一尺角もある木材を、炎四郎が斜めに両断してみせると、讃岐屋は急に物わかりが良くなって、震える手で五十両の見舞い金を差し出した。

炎四郎は、その五十両を全部、長屋住まいの父子に渡した。礼金は受け取らなかった。

わずか九歳で八丈島へ流罪となり、それから十五年間、あらゆる辛酸《しんさん》を舐め尽くした彼は、幼い子供が関係した事件で儲けるつもりはない……。

筋違橋《すじかいばし》を過ぎて湯島聖堂《ゆしませいどう》の方へ、炎四郎が、ゆっくりと歩を運んでいると、背後から、ほっほっと駕籠《かご》を担いで走る掛け声が聞こえて来た。

肩越しに見ると、辻駕籠《つじかご》ではなく、黒っぽい武家駕籠である。

各藩の江戸留守居役《るすいやく》が使う、俗に〈留守居駕籠〉と呼ばれるタイプだった。〈轎《きょう》夫《ふ》〉という名の担ぎ手たちは、紺の法被《はっぴ》姿である。

町人の乗る辻駕籠なら、駕籠かきは威勢よく走るが、武家の駕籠は通常、揺らさぬために歩くものだ。してみると、この武家は、よほど急ぎの用があるのだろう。

駕籠の両側には、二人の侍が付き添っていた。

三十代と四十代と見える侍で、月代《さかやき》をきれいに剃《そ》り、小ざっぱりとした身形《みなり》をしているが、主持ちとは見えぬ。炎四郎と同じ、浪人者《ろうにんもの》であろう。

炎四郎に鋭い視線を投げかける。

駕籠に乗っているのが江戸留守居役だとしたら、浪人者が護衛しているというのは妙だ……と炎四郎は思った。

桐の担ぎ棒の先に揺れる提灯《ちょうちん》にも、駕籠にも、家紋は入っていない。

不審を感じた炎四郎は、川の方に寄って、その駕籠が通りすぎるのを待つことにした。轎夫たちも、わざと炎四郎から遠ざかって、走りすぎようとする。

が、駕籠が炎四郎の前に来た時――突然、その側面の簾《すだれ》が撥《は》ね上げられ、中から若い女が転がり出た。

「っ⁉」

一糸まとわぬ、真っ白な裸女であった。

後ろ手に縛られ、猿轡《さるぐつわ》をかまされている。両足首も縛られていた。

しかも、その長い髪は燃えるような赤毛で、泡立つようにウェイブしていた。日本人ではなく、紅毛《こうもう》娘なのである。

さすがの炎四郎も驚愕した。異国の娘は、もがきながら、必死の眼差《まなざ》しで炎四郎を見つめる。

「見たなっ」

四十代の浪人が、いきなり抜刀して、斬りかかって来た。

「ちっ」

その一撃を躱《かわ》しざま、炎四郎の左腰から銀光が走る。

左脇腹を割られて、その浪人は血煙《ちけむり》の中に倒れた。二人の轎夫は、わっと悲鳴を上げて、我先にと逃げ出した。

断ち斬られた腸《はらわた》から流出した未消化物の悪臭が、周囲に漂う。

「貴様ァっ」

もう一人の浪人が、大刀を抜いた。

「おい……」

血刀を下げた炎四郎は、にやりと凄味《すごみ》のある嗤《わら》いを見せて、

「死に急ぐことはあるまい。その命、大事に使えば、まだ十年や二十年は持つだろうに」

「うぬ……」

蒼白になった浪人の額には、脂汗が浮かんでいた。

一刀の下に斬り倒れた仲間を見て、炎四郎の腕前がわかったのだろう。ひくひくと頰が痙攣《けいれん》している。

「ところで、この紅毛娘の正体と、お主らの雇主を教えてもらえると、有難いのだがな」

炎四郎が、そう尋ねると、

「……………」

怯《おび》えていた浪人の目に、自暴自棄《じぼうじき》の光が漲《みなぎ》った。

「でやぁ！」

喉も裂けんばかりの気合とともに、浪人は、捨身の双手突《もろてづ》きを繰り出す。

「馬鹿者っ」

炎四郎は、無造作に刀を振り下ろした。

大刀を握ったままの浪人の両手が、どさっと地面に落ちた。両腕の切断面から、驚くほど大量の鮮血が鉄砲水のように勢いよく噴き出す。

絶叫する浪人の喉を、炎四郎の剣が盆《ぼん》の窪《くぼ》まで貫いた。

「ひ……！」

四肢を硬直させて、浪人は棒立ちになる。

炎四郎は、すれ違いながら、その切っ先を引き抜いた。浪人は、前のめりに倒れる。

二人の浪人の周囲に、じわじわと血の海が広がって行った。そのそばで、赤毛の裸女は、白い魔魚のように軀をくねらせている。駕籠先の提灯に照らされた下腹部の翳《かげ》りは、暗赤色だ。

炎四郎は、彼女に近づいて、その縄を解こうとした。

その時、夜気を鋭く切り裂いて、何かが飛来した。

炎四郎が、とっさに頭を横に倒すと、その頰をかすめたものがある。背後で、がっと堅い物を貫く音がした。

素早く、炎四郎は横に転がって、小石を提灯に投げつける。

鉄砲玉みたいに提灯を貫いた小石は、その火を消してしまった。月も雲に隠れたので、辺りは真の闇の中に沈んでしまう。

炎四郎は、地面を転がって、異国の娘の軀に触れた。

寒さと恐怖のために、その肌は、ざらついている。

ぴくんっ、と娘は全身を震わせた。その丸い臀《しり》を、まるで暴れ馬を落ち着かせるように、炎四郎は、軽く叩いた。

娘の軀から緊張がほぐれてゆくのを、掌《てのひら》で感じる。

炎四郎の鋭い聴力は、半町――五十メートルほど先を逃げてゆく、曲者《くせもの》の足音を聞いていた。

四方の気配をさぐりながら、ゆっくりと立ち上がった炎四郎は、大刀の血脂《ちあぶら》を拭って鞘に納める。

それから、提灯に火を入れ直した。

見ると、柳の樹に、黒い矢が深々と突き刺さっている。

引き抜いてみると、ずしりと重い鉄製の短矢であった。鏃《やじり》だけではなく、矢柄《やがら》までもが鉄で出来ているのだ。

一尺ほどの長さで、その半分ほどが幹に埋まっていたのだから、恐るべき威力である。こんな鉄矢を半町もの距離から射《い》るのは、通常の弓では不可能である。

その鉄矢を懐にしまって、炎四郎は、娘のところへ戻った。

裸体を提灯の灯《あかり》にさらされながら、恥《は》じらいもせずに、娘は、炎四郎の膝に軀をすり寄せて来る。

炎四郎は、小柄《こづか》で猿轡を断った。

「ヘルプ・ミィ！　たすけて……！」

青い瞳の娘は、喘《あえ》ぎながら叫んだ。

2

日本が、いわゆる〈鎖国《さこく》〉状態に入ったのは、寛永十年——西暦一六三三年の海外渡航禁止令を手始めとして、寛永十六年の南蛮船《なんばんせん》来航禁止令によってである。

その前年に鎮静された島原《しまばら》の乱《らん》も、徳川幕府が鎖国制度を促進した理由であろう。

しかし、完全に国を閉ざしていたのかというと、そうではなく、薩摩《さつま》藩は琉球《りゅうきゅう》と貿易をしていたし、対馬《つしま》藩は朝鮮半島との貿易で潤っていた。

さらに、長崎の出島《でじま》には、オランダと清国の商館があって、幕府や商人との取引を認められていたのである。

オランダが貿易を許されたのは、旧教《カソリック》の国であるポルトガルやイスパニアのように布教に熱心ではなく、新教《プロテスタント》の国で、商売だけに専念していたからだ。

オランダ人甲比丹《カピタン》一行は、将軍に謁見するために年に一度、江戸参府をしていたし、琉球も朝鮮も使節を出していた。

つまり、日本国は、限定的な鎖国状態にあったのである。

一般には、ポルトガル人やイスパニア人のような黒髪のラテン系民族を、〈南蛮《なんばん》人《じん》〉と呼ぶ。

そして、オランダ人やイギリス人などの金髪や赤毛で碧眼《へきがん》の白人を、〈紅毛人《こうもうじん》〉と呼んで、区別していたのである……。

御里炎四郎が、異国の娘を連れて、根津権現の門前町の外れにある家に帰りついたのは、それから二刻も後のことであった。

まず、炎四郎は娘を路地に隠し、二人の浪人の死骸を神田川に蹴落とした。

そして、古着屋を叩き起こして着物や草履を手に入れ、これを裸女に着せた。赤い髪は巻き上げて、手拭いで隠した。

少し戻って筋違橋を渡り、須田《すだ》町で辻駕籠を拾って娘を乗せ、九段坂《くだんざか》へ向かったのである。

そこで駕籠を捨てると、通りかかった別の駕籠に娘を乗せ、今度は小石川の富坂《とみざか》町まで行った。その富坂町から、遠回りをして根津権現まで歩いた。

無論、尾行がないのを確認しながらである。

不審な客と覚えられるのを承知で、炎四郎が駕籠を使ったのは、正体不明の敵の探索の眼を暗《くら》ますためだ。この細工で、少しは時間が稼げるだろう。

赤毛の娘は足弱《あしよわ》だった。炎四郎が手を引いてやって、ようやく歩き通したほどである。

座敷の隅に横座りになった娘の軀は、冷え切っていた。

それが、ここを借りた理由の一つなのだが、この家には内湯《うちゆ》がある。揉め事解決という荒っぽい仕事をしている以上、大勢の客がいる銭湯へ通うのは、無防備すぎるのだ。

炎四郎は、娘のために湯釜に火を入れ、台所から五合徳利を取って、座敷へ戻る。

娘は柱にもたれかかって、がたがたと震えていた。

炎四郎は、その上体を支えて、湯呑《ゆの》みに徳利の濁酒を注《つ》ぐと、

「飲むがいい。軀が温まるぞ」

口元に湯呑みをあててやる。

帰宅途中の会話から、この娘が、片言《かたこと》ながら何とか日本語が話せることが、炎四郎にはわかっていた。

赤毛の娘は頷いて、ぐいっと一息に濁酒を飲み干した。大きく吐息をつく。

「なかなかの飲みっぷりだな。ところで、まだ、お前の名を聞いていなかったが」

「……エリザベス」

大きな青い瞳で、じっと炎四郎を見つめて、そう言った。

美しい娘である。

顔の彫りは深いが、ごつごつした所はなく、卵型の顎は、すっきりと細い。

鼻も小さく、肉の薄い唇は扇情的《セクシー》であった。

ミルク色の肌は蒼《あお》ざめ、行灯《あんどん》の灯《あかり》に、産毛《うぶげ》が金色に光って見える。ウェイブした赤い髪は、腰まであった。

「エリザベス……エリか。私は、御里炎四郎という」

「えん・しろう……様……」

呟くように言ったエリザベスの震えが、ひどくなった。

かちかちと歯を鳴らしている。頬に触れてみると、氷のように冷たい。

「風呂が沸《わ》くまでは待てんな」

炎四郎は寝間へ行って、手早く夜具を敷いた。軽々とエリザベスを抱き上げると、夜具に寝かせる。

それから、残っていた濁酒を徳利から直接、飲み干すと、滝絞《たきしぼ》りの柄の袷《あわせ》を脱いだ。下帯《したおび》だけの裸になって、赤毛の娘の横にすべりこむ。

夜具の中で、エリザベスの小袖《こそで》と肌襦袢《はだじゅばん》を脱がせた。さすがに下裳《したも》までは買えなかったから、娘は、これで全裸になったわけだ。

その白い女体を抱き締めてやる。

エリザベスも、男の体温《ぬくもり》を肌から全て吸いとろうとするかのように、ひしとしがみついてきた。

骨細だが、胸と臀には、たっぷりと肉がついている。その腰は、蜜蜂のようにくびれていた。

巨大なほどの乳房が、男の分厚い胸に押しつけられて、丸く潰《つぶ》れた。

炎四郎は右手で、娘の肌を擦《さす》ってやる。

肩から腕、背中、腰、そして大きな臀の丸みにマッサージの手が移ると、エリザベスは呻くような声を洩らした。

下腹部の豊穣な繁みを、炎四郎の下帯にこすりつける。

太腿を擦ってやると、娘は、長く形のよい両足を炎四郎の腰に絡めた。

そして、誘うように、密着した腰をグラインドさせる。

十八歳だという赤毛娘は、明らかに処女《ヴァージン》ではなかった。

それどころか、年増《としま》女のように熟れ切っていた。

「炎四郎様ァ……」

エリザベスは甘え声で、唇を求めて来た。

青い瞳に、淫蕩《いんとう》な光が浮かんでいる。

炎四郎が口唇《くち》を重ねてやると、ぬるりと舌先が侵入して来て、絶妙な動きで口腔内を刺激する。

寒さでざらついていた白い肌に、血の気が戻り、しっとりとした感触になった。

深い臀の谷間に指を走らせ、蟻の門渡りを経て花園に達すると、そこは熱い秘蜜《ひみつ》でぬめるようであった。

肉の亀裂は、日本の女より長いようだ。

「おう……」

秘処《ひめどころ》をまさぐられて、エリザベスは、首を左右に振った。

拒んでいるのではない証拠に、右手で、下帯に包まれた男のものを撫でる。極太の巨根と知って、驚きの声を上げた。

炎四郎は、エリザベスを仰向けにして、下帯を外した。

最も直接的な方法で、この異国の娘の軀を温めてやるのだ。

もはや、前戯は必要ではない。

男の象徴の先端を、濡れそぼった花園にあてがう。ねじ込んだ。

「――――っ！」

悲鳴を上げて、エリザベスは仰《の》けぞる。

が、その時には、炎四郎の凶器は根本まで侵入を完了していた。

「ツゥ・ビッグ……巨《おお》きい……いっぱい巨きいです……」

エリザベスは喘いだ。

灼熱の剛根を、白人娘の肉襞が、やわやわと締めつけている。亀裂が長いからといって、その内部までが大味なわけではなかった。

素晴らしい締め具合だ。

炎四郎は、ゆっくりと抽送を開始した。

深く突くたびに、豊かな乳房が揺れる。乳輪の色は、ほとんど肌と変わらぬほど、薄かった。

エリザベスは、男根が侵入する時には花孔を締めて腰を突き出し、男根が後退する時には締めつけながら腰を引くという、高等テクニックを使う。

全裸で運ばれていたこと、抜群の床上手《とこじょうず》であることから、炎四郎は、この赤毛の娘の正体を察した。

今や、エリザベスの頬は薔薇《ばら》色に輝き、額には汗の珠すら浮かんでいた。固く目を閉じ、異国の言葉で、炎四郎の雄《おす》としての強さを称讃する。

淫らな抽送音を発する結合部から、捏《こ》ねくりまわされて白く泡立った秘蜜が、夜具に飛び散っていた。

炎四郎は、相手の絶頂《クライマックス》が近いことを、内部の感触から読み取った。

エリザベスの臀を両手でつかみ、その長い足を腕で抱えこんで、結合したまま立て膝になる。

柔軟な娘の肢体《したい》は、弓のように反《そ》りかえった。下半身が完全に浮いているから、後頭部と肩で体重を支える形になる。

いわゆる〈俵抱《たわらだ》き本手《ほんて》〉という態位だ。

扇のように広がった赤い髪を見下ろしながら、炎四郎は、怒濤《どとう》のように腰を使った。

白人娘の甘肉の奥で、突いて突いて突きまくる。

エリザベスも乱れた。眉間に苦悶のような縦皺を刻み、己が髪を両手で掻《か》きまわすようにして、哭《な》き叫ぶ。

娘の快楽曲線が急カーブを描いて上昇し、ついに頂点に至って爆発した。無数の肉襞が、炎四郎の凶器を強烈に締めつける。

炎四郎も、したたかに放った。

煮えたぎるような熱い溶岩流が、女体の最深部を直撃する。牝として炎四郎に完全に征服された白人娘は、全身を痙攣させて意識を失った。

それでも、なお、花孔は健気《けなげ》にも男根を、きゅっきゅっと断続的に締めつけている。

その余韻を味わいながら、

「この娘、閨奴《けいど》か……」

炎四郎は呟いた。

3

「女に逃げられた……だって？」

久能屋与左衛門《くのうやよざえもん》は、口元にガラス杯を運ぶ手を止めた。

それは、ヴェネチア風の竜の足飾りのついたゴブレットで、中身は、ゼネイフルというオランダ産のジンである。〈杜松酒〉と表記する。

テーブルの上には、暗緑色をしたゼネイフルのガラス壜が置いてあった。

その横には、ヴァルセロナで作られた直径七寸ほどのエナメル彩色コンポートがあり、金平糖《こんぺいとう》が盛られている。

オランダのテーブル、清国の壺《つぼ》、朝鮮の皿など、異国の品々で飾り立てられた、奇妙な部屋であった。

「鬼蜘蛛《おにぐも》。お前さんともあろうものが、とんだ鈍智《どじ》を踏んだものだね。大事な商品を逃がして、のこのこと戻って来るなんて」

与左衛門は、顔の面積こそ広いが、目も鼻も口も小さくて、いかにも大店《おおだな》の主人《あるじ》らしく、おっとりとした顔立ちをしている。

喋り方も、それに相応《ふさわ》しく、穏やかなものであった。

「申し訳ありません、旦那」

ペルシャ絨毯《じゅうたん》を敷いた床に這《は》いつくばっているのは、鬼蜘蛛という名前の通り、醜悪な面相の小男だった。

彼のそばに、十字型の弩《いしゆみ》が置かれている。弩は、ヨーロッパで十世紀頃から普及した武器である。クロスボウという。

日本の弓と違って、弦《つる》を引いて弦受けに固定してから狙いを定めるので、非力な者でも命中率が高い。

そのくせ、最大射程距離は二百メートル以上で、西洋鎧《よろい》をも貫く威力があるというのだから、大したものだ。

神田川端で、半町先から炎四郎に鉄の短矢を射かけたのは、この鬼蜘蛛なのである。鉄の短矢を用いるのは、物陰にいる人間に致命傷を与えるための、鬼蜘蛛の工夫であった。

「しかし、相手は恐ろしく腕の立つ奴なんで。何しろ、あの二人の浪人を、あっという間に斬り倒し、俺の鉄矢も躱しやがった。気配を消して射たのに、初矢を躱されたのは、俺も初めて……」

不意に、与左衛門が、ゴブレットのゼネイフルを鬼蜘蛛の顔に浴びせかけた。

「ひいっ」

アルコール度数の高い蒸留酒が目に入って、醜悪な小男は悲鳴を上げる。

「そんな言い訳を聞くために、あたしは、お前たちを飼っているのじゃないよ」

言葉は穏やかだが、底知れぬ凄味《すごみ》を含んだ声で、与左衛門は言った。小さな双眸《そうぼう》が、蛇のそれのように青光りしている。

「逃げたエリザベスの口から、この久能屋の裏の商売が世間に知れたら、どうなると思うのだ。え、鬼蜘蛛？」

久能屋は、伊勢《いせ》町に店を構えている唐物商《からもの》である。

唐物商は輸入雑貨を扱うもので、大伝馬町の〈阿蘭陀屋《おらんだや》〉や池ノ端の〈中金〉とともに、久能屋は、江戸で三本の指に入る大店だ。

オランダ商人の持ちこんだ欧州の製品だけではなく、清国、朝鮮、琉球の物まで手広く扱っている。

しかし、その裏では、〈閨奴〉なる商品を売り捌《さば》いていた。

閨奴とは閨房《けいぼう》の奴隷、つまり、幼い頃から、あらゆる性技《テクニック》を習得させられたSEX専用の美女のことである。

それだけなら、吉原遊廓の遊女と同じようなものだが、閨奴として売られるのは皆、異国の娘なのだ。

通常の女遊びに飽いた分限者《ぶげんしゃ》や大身《たいしん》の武士の考えることは、誰しも同じで、毛色の違う異国の女性を味わい嬲《なぶ》り尽くしてみたいと思う。

真偽のほどはさだかではないが、あの徳川家康や伊達政宗《だてまさむね》も、密かに金髪の側室を抱えていたといわれるほどだ。

そういう男どもの淫らな需要に応えたのが、唐物商・久能屋与左衛門なのである。

長崎の出島のオランダ商人を通じて、ひそかに南蛮娘や紅毛娘を〈輸入〉し、その代価として、女衒《ぜげん》に買い集めさせた日本の娘を渡している。

その日本娘たちは、言葉も通じぬ東南アジアやヨーロッパの何処《いずこ》かで、骨の髄まで嬲られた挙げ句に、容色が衰えれば最下級の淫売窟《いんばいくつ》に叩き売られて朽ち果てるのだろうが、そんな事は与左衛門の知ったことではない。

輸入した娘たちは、廻船の船底に隠して長崎から江戸へ運び、ここで半年ほどかけて日本の言葉や習慣を教えてから、大身の旗本や大名、大店の主人などに、目の玉の飛び出るような値段で売りつけるのである。

わざわざ手間暇かけて娘たちに日本語教育を施すのは、最初のうちこそ、客は珍しがって弄《いじ》りまわすが、すぐに言葉の通じぬ不便さに飽きて、必ず久能屋に文句を言い出すからだ。教育の費用は、価格に上乗せすればいい。

いつの時代、どこの国でも同じだが、主人が奴隷の言語を覚えることはなく、奴隷が必死で主人の言葉を覚えるのである。

炎四郎が助けたエリザベスが、片言の日本語が話せたのは、こういう理由であった。

「それに、あの英吉利《イギリス》娘は、七千石の旗本の御隠居、木村源斎《きむらげんさい》様へ納入する大切な商品なんだ。逃げました、で済むものではない。生憎《あいにく》、代わりの閨奴もいないしね」

「も、申し訳ありませんっ」

鬼蜘蛛は、額を絨毯にこすりつける。

「……お前一人では、埒《らち》があくまい」

久能屋は、椅子から立ち上がって、手を鳴らした。ややあって、その洋室の引戸が開いて、二人の人間が入って来た。

「お呼びですか、旦那」

左耳の上で髪をまとめて、胸の前にだらりと垂らした女が訊《き》いた。二十代後半で、きつい顔立ちながら、なかなかの美形である。

その脇にいるのは、柳のように背が高く痩せた男だった。釣り竿を収納するような細長い袋を、手にしていた。

「ああ、可菜女《かなめ》、忌史郎《きしろう》、よく聞いとくれ――」

与左衛門は、事件を説明して、

「あたしは、源斎様のところへお詫《わ》びに行って来る。お前たち三人は、今からごろつきどもに金をばら撒《ま》いて、夜明けと同時に、エリザベスの行方を捜させるのだよ」

「……」

可菜女、忌史郎、そして鬼蜘蛛の三人は、無言で頷いた。

「エリザベスを取り戻せれば言うことはないが、無理な時には、紅毛娘も凄腕の浪人者も、始末しなさい。死骸を残すんじゃないよ。……ああ、それから勿論、事情を知ったごろつきも生かしておいてはいけない」

「承知しました」

瘦せて青白い顔をした忌史郎が、抑揚《よくよう》のない声で言った。

「この〈南蛮三人衆《なんばんさんにんしゅう》〉、必ず旦那の言いつけ通りにいたします」

4

「御主人様……わたくし、ずっとずっと御主人様のそばにいたい……」

エリザベスは、炎四郎の耳朶《じだ》を背後から舐めまわし、そう囁《ささや》いた。

「ずっと、わたくし、仕《つか》えます。可愛がってください……」

二人は湯槽《ゆぶね》の中にいた。

すでに夜明けで、白い湯気の立ちこめる湯殿に、連子窓《れんじまど》から朝日が斜めに差しこんでいる。

赤毛の白人娘は、炎四郎の広い背中にもたれかかるようにして、男の首筋を唇と舌で愛撫していた。

長い髪は、邪魔にならないようにまとめて、手拭いで覆ってある。

「俺は、お前の主人ではないよ」

「いいえ。駕籠で、炎四郎様を見た。この方《かた》、わたくし、助けて下さる。それ、わかりました。見て、わかりました……」

男の分厚い胸を、背後から両手で撫でまわしながら、エリザベスは言った。

「わたくしの考え、正しかったです」

激しい交わりの後、半刻ほどして目覚めたエリザベスは、炎四郎の作った雑炊を美味《おい》しそうに食べた。

そして、一生懸命に言葉を選びながら、自分の身の上や久能屋のことを、炎四郎に説明したのである。

――十七世紀初頭には、東南アジア貿易の覇権《はけん》をめぐり、オランダ、イギリス、フランスの商人たちが、激しい闘いを繰り広げていた。

しかし、一六二三年にアンボンで起こった虐殺事件によって、イギリスはインドネシアから撤退し、インドの植民地経営に専念するようになり、日本国も含めた東南アジア貿易はオランダが独占した。

このように海外で働くヨーロッパ人は、現地の女性を欲望の捌《は》け口《ぐち》としていたが、白人娘の肌を熱烈に懐かしむのも、また無理のないことであった。

なにしろ、商館長でもないかぎり、自分の妻を長い航海に同行することはできないし、危険な船旅や異国の生活を歓迎する女性は、ほとんどいないからだ。

そこで――彼らの欲望を満たすために、東南アジアの各地に、白人娘を置いた売春宿が誕生したのである。

勿論、非合法なもので、その本拠はロンドンにあり、組織の名を〈サンクチュアリ〉という。

彼らは、最も安易な誘拐という手法で幼い少女や娘を掻き集め、一通りの性技を習得させた上で、海外の売春宿へ売り込む。

このサンクチュアリと、オランダ商人を通じて提携したのが、久能屋与左衛門なのだ。

久能屋が輸出した日本娘たちは、ロンドンの売春宿で、死ぬか壊れるまで働かされる。

エリザベス・モートンも、貧しい煉瓦《れんが》職人の娘で、小さい時から花売りをして家計を助けていたが、十一歳の時に組織に誘拐され、インドの売春宿に送られた。

抜きんでた美貌の彼女は、もっぱら商館長や将校などの〈高級な客〉の相手をさせられた。

しかし、彼女が十八歳になり乳房も大きくなると、少女や若い娘が好きなお客を満足させるのが、難しくなった。

そこで、エリザベスは、他の二人の白人娘とともに、日本へ売り飛ばされたのだ。

ナンシーという娘は、熱病のためマラッカ海峡で衰弱死し、今年一月、無事に長崎の出島に着いたのは、エリザベスと金髪のフローラという娘だけだった。

だが、生き残った娘と死亡した娘の、どちらが幸福かは、断定しがたい。

本所にある久能屋の寮で再教育されたフローラは、先日、護国寺《ごこくじ》の近くに隠居宅を構える木村源斎という老人に売られた。

ところが、三日とたたないうちに、源斎は、もう一人の紅毛娘も買いたいと言う。

女体責めでしか快楽を感じないサディストの源斎は、興奮のあまりフローラを責め殺してしまったのである。

かつて長崎奉行を務めたことのある木村源斎は、その権限を利用し、しこたま私腹を肥やしたので、金に不自由はしていない。

早速、久能屋は、「あの娘は、すでに売り先が決まっていますので……」と渋って値段を吊《つ》り上げてから、エリザベスを源斎の屋敷へ送ることにした。

しかし、エリザベスは、与左衛門と番頭の会話から、フローラが責め殺されたことを知った。

　東洋の果ての日本まで来てしまった以上、自分の未来に何の希望も持っていないエリザベスであったが、変質者の老人に嬲り殺されるとわかったからには、黙って売られて行くわけにはいかない。

　何とか隙を見つけて逃げ出そうとしたが、監視が厳しく、実行できなかった。

　そして、逃走防止のために全裸で縛られ駕籠に乗せられたエリザベスは、絶望の淵で、簾の隙間から御里炎四郎の姿を見つけたのである。

　その背中に宿る孤独と苦悩の翳《かげ》りを、この不幸な異国の娘は、一目で見抜いたのであった。

　それは、傷だらけの魂を持つ者同士の、直感であったのかも知れない。エリザベスは自分の直感を信じ、決死の覚悟で駕籠から転がり出たのであった……。

「俺は、お前が考えているような立派な男ではない。無頼《ぶらい》……と言ってもわかるまいな。つまり、悪い男なのさ」

「いえ。御主人様は、良い人。強くて、やさしい心で、良い人です」

「馬鹿な。上がるぞ」

　冷たく言って、炎四郎は、ざあっと立ち上がった。

「待って……」

彼の裸の腰に、エリザベスは、すがりついて、

「御主人様、ご奉仕させてくださいませ」

久能屋で暗記させられたらしい文句を口にして、男の前にまわった。

そして、だらりと垂れ下がっている男性器を両手に捧げ持ち、その先端に、真心をこめてくちづけする。

咥《くわ》えた。ちゅぶっちゅぶっ……とわざと淫《みだ》らな音を立てて、しゃぶる。

炎四郎は、黙って彼女の好きなようにさせてやる。

さすがに、閨奴として千三百両で売られようとしただけあって、エリザベスは巧みであった。

黒々と淫水焼《いんすいや》けした逸物が、硬化膨張して来ると、

「おう、イッツ・グレイト！　ビッグ・ハマー……むむ……」

エリザベスは、片手で茎部をしごきたてながら、別の手で布倶里《ふぐり》を揉む。

そして、小さな口をいっぱいに開けて、喉の奥まで男根を深々と咥えこみ、玉冠を喉の筋肉で締めつけるのだ。

これほど吸茎《フェラチオ》の上手《うま》い女は、百戦錬磨の炎四郎としても、初めてであった。

ディープ・スロートの次には、横咥えにして、蛇のように舌を閃《ひらめ》かせる。

「美味《おい》しゅうございます……」

赤毛の娘は、布倶里の瑠璃玉《るりだま》も、一つ一つ口の中で転がし、丁寧にしゃぶった。

さらに、巨乳の間に剛根をはさんで揉み立てると、はみ出している玉冠部を、長く伸ばした舌先で、くすぐる。

それから、炎四郎の後ろにまわると、引き締まった臀を舌でさぐり、背後の門を舐めまわした。

奥の方まで、舌を入れる。異国の娘の献身的な奉仕に、炎四郎の凶器は、爆発寸前まで盛り立った。

それを察したエリザベスは、湯槽の縁に顎を乗せると、ボリューム感溢《あふ》れる臀を、炎四郎の方へ突き出した。

濡れた暗赤色の秘毛が垂れ下がっているので、太腿の付根のピンク色の花弁が、はっきりと見える。

この白人娘は、繁みの面積こそ日本の娘よりも広大だが、密度が薄く秘毛が細いので、普通の状態でも花園が見えやすいのである。

「御主人様、ここへ……」

エリザベスは、両手で臀の双丘を広げた。

深い谷間に隠されていた後門《こうもん》が、露わになった。美しい形状で、花弁よりも濃いローズピンクである。

「わたしくの軀、みんな、御主人様のもの。わたくしの全部、捧げます。お臀の孔《あな》まで、お好きになさって下さいませ」

「エリ……」

「炎四郎様……わたくし、他に、お礼する、できません」

肩越しに見上げるエリザベスの青い瞳からは、涙が溢れていた。

異郷で出逢った、ただ一人の男にすがりつき、己れの全てを与え尽くそうとする娘の心情が、哀れであった。

鳥も通わぬ流人島《るにんとう》で、希望も夢もない絶望の日々を送った過去を持つ炎四郎には、彼女の気持ちが痛いほど解る。

自分も、もし、八丈島《はちじょうじま》で鹿島神道流の師・辺見俊蔵に逢わなかったら、絶望のあまり、崖から海に身を投げていたかも知れない……。

エリザベスが、豊かな臀を炎四郎の下腹部に押しつけて来た。

炎四郎は、勃起した凶器をつかむと、その先端を薔薇の蕾《つぼみ》に押しあてる。

「御主人様、入れて……プリーズ・スクリュウ・ミィ！」

赤毛の娘は、嬉しそうに臀を突き出す。

灼熱の剛根が、背徳の門を抉《えぐ》った。

初華《はつはな》ではない。しかし、括約筋の力は新鮮だ。

花孔のそれを上まわる強烈な締めつけを感じながら、炎四郎は、暗黒の狭洞の奥の奥まで、ねじこむ。

「おおぅ……っ！」

あまりにも巨大な質量に羞恥の器官を占領されて、エリザベスは仰けぞった。

手拭いが取れて、燃えるような赤毛が白い背中に広がる。

炎四郎は、白人娘の内部を傷つけないように、腰を使った。

右手を前にまわして、膨れ上がった肉粒を刺激することも忘れない。左手で、重い乳房を揉みしだく。ぴちゃぴちゃ、と湯面が揺れて、湯槽の内側を叩く。

娘の後道は、喰い千切られそうなほどの、凄まじい収縮力である。

湯槽の縁に両手をかけて、エリザベスは臀を蠢《うごめ》かす。

「キル・ミィ！　もっと……御主人様、もっと……」

四半刻ほどしてから、娘の丸い臀を両手で抱えこむと、炎四郎は、ラストスパートに入った。

荒腰を使って、エリザベスの臀孔を責めまくる。

男の下腹部が臀の双丘をリズミカルに打って、鞭のような音を立て、湯が湯槽から溢れそうになった。エリザベスは、半狂乱になって哭きじゃくる。

炎四郎は、大量に放射した。

白人娘の底無しの狭穴を、白濁した聖液《せいえき》の奔流《ほんりゅう》が満たす。エリザベスは、ぐったりとなったが、その括約筋は、ひくひくと収縮していた。

吐息を洩らした炎四郎が、白い臀から萎《な》えぬ凶器を引き抜くと、すぐにエリザベスは上体を起こした。

「後始末を……します」

炎四郎の前に跪《ひざまず》くと、聖液まみれの男根に唇をつけ、しゃぶる。

一心に男のものを浄《きよ》める白人娘の頭を、炎四郎は、静かに撫でてやった。

その昏《くら》い双眸《そうぼう》に、強い決意の光が灯る。

「エリ……お前を守ってやるぞ。俺が、久能屋と、その手先を始末して、お前が安心して暮らせるようにしてやる」

炎四郎の言葉を全て理解できたのかどうか、エリザベスは、嬉しそうに頷きながら、舌を使う。

「旦那っ、旦那――っ」

縁側の方から、怒鳴るように声をかける者がいた。

風呂に入る前に、岡場所《おかばしょ》の若い衆に届けさせた手紙を見て、炎四郎の一の乾分《こぶん》を自称する新吉《しんきち》が、駆けつけたのだろう。

5

「あの家でござんすよ、へい」

鼠のように貧相な顔をした男が、路地から炎四郎の家を指差した。

万平《まんぺい》という名で、強請《ゆす》りと辻博奕《つじばくち》などを生業《なりわい》にしている、根津権現界隈でも鼻摘《はなつま》みの小悪党だ。

「………」

可菜女、鬼蜘蛛、忌史郎の南蛮三人衆は、通りを隔てた向こう側にある黒板塀の家を、じっと見つめる。

空は薄曇りで、昼飯時のせいか、人通りは少ない。

「御里炎四郎っていう、ちょいとばかり腕の立つ二本差しでしてね。あちこちの揉め事に鼻を突っこんじゃあ小金を巻き上げる、厭《いや》な野郎でござんす。蛆虫《うじむし》同然の屑《くず》野郎でさ」

以前に、往来で肩の触れた老婆を蹴っ飛ばしたところ、通りかかった炎四郎に足腰立たなくなるほど殴りつけられた恨みから、万平は毒のある口調で言った。

「寅《とら》の上刻ごろ、野郎が、顔を隠した若い女を連れこむのを見た奴がいますんで。兄さんたちがお捜しの娘に、相違ございませんよ」

「富坂町から女連れで歩けば、たしかに寅の上刻ごろになるな……その炎四郎って奴は、どんな形《なり》をしてるんだ」

風呂敷包みを背負った鬼蜘蛛が、万平に訊いた。

臀《しり》っ端《ぱし》折《しょ》りして、頭に手拭いをかぶせているので、何かの物売りのように見える。

「へい、年齢《とし》のころなら、二十三、四。月代を伸ばして、いつも、錆鼠色《さびねずいろ》の地に太い滝絞りの柄の入った着流し姿でさ。女どもの中にやぁ、色男だという者もおりやす」

「間違いねえようだ……」

鬼蜘蛛は、二人の仲間に頷いて見せる。

「そうかい」

三味線を抱えて門附《かどづけ》の姿になっている可菜女は、懐から紙に包んだ五枚の小判を取り出した。

それを、万平の手に落とす。手を上下に軽く揺すって、小判の重みを確認した万平は、

「ひっひっひ、有難うござんす。今後とも、ご贔屓《ひいき》に」

卑《いや》しい笑いを見せると、へこへこと頭を下げて、路地の奥へ行く。

「……」

長い袋を持った鳶職人姿の忌史郎が、無言で、その後を追った。

少しして、路地の奥で「うっ」と低く呻く声がしたかと思うと、どさっと何か重いものが地面に転がった。

「騙《だま》しやがったな、てめえら……」

蚊の鳴くような断末魔《だんまつま》の声が、ごろごろと猫みたいに喉を鳴らす音に変わり、そして、静かになった。

可菜女と鬼蜘蛛は、振り向きもしない。

さらに、ずるずると重いものを引きずる音がしてから、煙草を一服喫《す》い終わるほどの後に、忌史郎が戻って来た。

「空樽の中に投げこんで、蓋をしておいたから、半日くらいは見つかるまいよ」

抑揚のない声で、そう言う。

「さて、どうするかい」と鬼蜘蛛。

「夜まで待つか」

忌史郎が顎を撫でながら、

「旦那は、早く決着をつけろと、おっしゃったぜ」

「向こうも、こんな真っ昼間に踏みこむとは、思っちゃいまいよ。不意を突いた方が、いいと思うね。あたしは」

可菜女が言った。まるで夕食の献立を相談でもしているような、淡々とした口調であった。

「それで行くか」

鬼蜘蛛と忌史郎が頷く。

「それじゃ、まず、あたしが様子を見に行くよ。野郎を動けなくしたら、指笛を吹くから、裏と表から飛びこんでおくれ」

「よし」

「頼むぜ」

鬼蜘蛛と忌史郎は、路地から出た。

通りを横切って、鬼蜘蛛は天水桶の横にしゃがみこむ。忌史郎は、炎四郎の家の裏手へまわった。

しばらくして、菅笠をかぶった可菜女も路地を出た。門附は普通、三味線と胡弓《こきゅう》の二人連れだが、一人で流す者もいる。

炎四郎の門の内側へ入り、玄関の前で三味線を弾きながら、
高砂《たかさご》や　木の下影の　尉《じょう》と姥《うば》
松もろともに　我見ても
久しくなりぬ　住よしの浦……

艶《つや》っぽい声で唄っていると、奥の方から大刀を左手に下げた炎四郎が、姿を見せる。

可菜女は唄いながら、一礼した。

「良い喉だな。色っぽすぎて、独身者《ひとりもの》には耳の毒だぞ」

そう言って、包み銭を渡す。

「有難うござんす」

深々と頭を下げる可菜女に、炎四郎は背を向けた。

その瞬間、懐から短筒《たんづつ》を抜きながら、可菜女は飛びこんで、男の背中に貼りつく。

短筒の先を、炎四郎の腰骨のあたりに押しつけて、

「動くんじゃないよ。下手な真似をすると、どてっ腹に風穴が開くことになるからね」

「驚いたな。近ごろの門附は、十二文の包み銭では足りずに、押し込みも働くのか」

炎四郎は、揶揄《からか》うような口調で言った。

「火縄の燃える匂いがしねえぜ。それじゃ、短筒は射《う》てまい」

「お生憎《あいにく》だね」

可菜女は、にやにや嗤う。

「こいつは、阿蘭陀《オランダ》渡りの最新式の短筒で、燧石銃《すいせきじゅう》というのさ。引金を引くと、燧石が当金にぶつかって火花が散り、火薬が破裂して弾が飛び出すって仕掛けよ」

火縄不要の燧石銃——フリントロック式の拳銃が、フランスで開発されたのは、

一六三〇年代であった。

この画期的な発明品は、すぐにヨーロッパ全土に広まり、日本人が初めてこれを見たのは、おそらく、寛永《かんえい》二十年——一六四三年に、不法オランダ船が抑留された時であろう。

可菜女が構えているのは、全長百七十七ミリ、口径十二ミリの小型拳銃であった。

燧石銃は、火縄銃に比べて撃発時の襲撃が大きいので、命中精度が著しく落ちるといわれている。

しかし、相手の背に密着させて射てば、当然、外れることはない。

「そうか、そんな短筒があるとは聞いていたが……だが、相討ち覚悟なら、射たれてもお前さんを斬れるぜ」

「ふふ。残念ながら、裏と表に、仲間が二人いるんでね。あたしを斬ったところで、無駄さ」

「そうか。お前さんは、噂に聞く南蛮三人衆ってわけだな」

炎四郎の顔に、してやったりという凄い嗤いが浮かんだ。それは可菜女には見えなかった。

「わかったら、じたばたするんじゃないよ。あの紅毛娘は、ここにいるんだろう」

「まあな」

「もう、味見したのかい。締まり具合は、悪くなかっただろうが」

「ふん。お前さんと比べてみたいね」

「起きやがれっ」

そう罵《ののし》ってから、可菜女は、合図の指笛を吹くために、左手に持っていた三味線を三和土《たたき》に置こうとした。

炎四郎にとっては、その一瞬だけで、十分であった。

右手で銃身をつかんで狙いを外し、振り向きながら、大刀の鞘の鐺《こじり》で可菜女の顎を叩き割った。

「げえっ」

爆発した短筒を放り出して、殺し屋の女は臀餅《しりもち》をついた。その頭部に、抜き放った炎四郎の大刀が、振り下ろされる。

「うぎゃあああぁっ！」

胸まで幹竹割《からたけわ》りにされて、血柱を噴き上げながら、可菜女は絶命した。

それと同時に、銃声を聞いた忌史郎が裏口から、鬼蜘蛛が表から飛びこんで来る。

炎四郎は、廊下に駆け上がって、奥に走った。

背負っていた木箱から南蛮弓を出した鬼蜘蛛は、第一矢を発射する。

紙一重の差で、炎四郎は、横の座敷へ飛びこんだ。

鉄の短矢は、突きあたりの壁を貫く。

すぐさま第二矢をセットした鬼蜘蛛は、家の中へ駆けこんだ。

すると、炎四郎が飛びこんだ座敷の手前の襖越《ふすまご》しに、大刀が突き出された。

「ひっ」

狭い廊下のこととて、避ける間もなく、鬼蜘蛛は脾腹《ひばら》を貫かれる。遠い間合でこそ有利な南蛮弓のような武器を持って、狭い室内に入ったのが、彼の敗因であった。

存分に抉られた。傷口から、鮮血が迸《ほとばし》って、襖を真っ赤に染める。

大刀が抜かれると、鬼蜘蛛は、襖ごと倒れた。その鬼蜘蛛に、炎四郎が止《とど》めを刺そうとした時、

「しぇいっ」

奇妙な気合とともに、彼の眼前に銀光が閃《ひらめ》いた。

炎四郎は、咄嗟《とっさ》に、一間ほど跳びさがる。

死神のように痩せこけた忌史郎が、細身で両刃《もろは》の長い南蛮剣《なんばんけん》――サーベルを右手に持って、立っていた。極端な半身《はんみ》の姿勢である。

「どうやら、奇襲のつもりが、こっちが罠にはまったらしいなあ」

忌史郎は言った。

「久能屋が飼っている南蛮三人衆というのは、少しばかり手強《てごわ》い連中だと聞いて、こ

の家に誘いこんだのだ。外で、ばらばらに襲われたら、厄介だからな」

油断なく構えながら、炎四郎は答える。万平に、わざと情報を流したのは、勿論、新吉だ。

「くそっ。何で、久能屋の旦那の邪魔をする？　あの紅毛娘を、てめえが叩き売るつもりか！」

「あの娘は、故国に帰してやるのは難しいが、信州の尼寺に預ける。あそこなら、人目につかずに、穏やかに暮らせるだろう」

忌史郎は、ぎろっと眼窩《がんか》の奥の目玉を剝いた。

「それじゃ、一文にもならねえじゃねえかっ」

「銭金《ぜにかね》の問題ではない。守ってやると、約束したのだ」

「この色呆《いろぼ》けがっ！」

忌史郎は、突きかかって来た。

大刀で払おうとした時には、すでに引かれていて、また突いて来た。

日本刀ではありえないスピードで、忌史郎は、サーベルを繰り出す。

しかも、軀をほとんど真横にしているし、右腕をいっぱいに伸ばす体勢のため、こちらの刀が届かないのだ。

日本の刀法の理念から外れた、恐るべき南蛮剣法であった。

当然ながら、有効な対抗策も、考案されてはいない。炎四郎は、ただ、大きな円を描いて後退するばかりである。

「くっくっく、さすがの事件屋炎四郎も、俺の剣には敵《かな》わぬのだなっ」

得意そうに喚《わめ》きながら、忌史郎は、山犬のように目をぎらつかせる。

殺しの快感に酔っているのだった。

倒れている鬼蜘蛛に、踵《かかと》をぶつけた炎四郎は、その軀を跨《また》ぎ越した。

「さあ、死ねっ！」

忌史郎が、鋭い突きを放った。

それが、炎四郎が待っていたチャンスであった。

鬼蜘蛛の軀を、思いっきり蹴り上げる。忌史郎のサーベルは、醜怪な小男の胸板を貫いてしまう。

「ぐへえっ」

瀕死《ひんし》の鬼蜘蛛が呻いた。

忌史郎は、サーベルを引こうとしたが、鬼蜘蛛の筋肉が収縮して刃を強く咥えこんだ上に、その軀が倒れようとするので、うまく抜けない。

その時、大きく踏み込んだ炎四郎が、愛刀を一閃《いっせん》させた。

驚くべきことに、その剣は鬼蜘蛛の胴を両断し、さらに忌史郎の腹を断ち割った。

「こ……これが……噂に聞く鹿島神道流《かしましんとうりゅう》の奥義……地蔵斬《じぞうぎ》りか……」

そう呟いた忌史郎は、大量の血を吐いて、倒れた。

サーベルが、畳の上を転がる。

「……………」

炎四郎は、懐紙で大刀に拭いをかけた。

すると、台所の板の間の一部が開いて、赤毛の娘が顔を出した。

炎四郎の無事な姿を認めると、

「御主人様っ」

そう叫びながら、エリザベスは、隠《かく》し倉《ぐら》から飛び出した。駆けよって、炎四郎に抱きつく。

「良《よ》しというまで、あそこを出るなと言っただろう」

「でも、たくさんたくさん、心配で……」

エリザベスが笑顔で言おうとした刹那《せつな》、鈍い音がして、その表情が凍りついた。

「エリ！」

白人娘は、その場に崩れ落ちた。その左胸には、鉄の短矢が矢羽まで突き刺さっている。

炎四郎が振り向くと、鬼蜘蛛の南蛮弓を手にした忌史郎が、得意そうに、にやりと噛って首を垂れた。

「しっかりしろ、エリ！」

炎四郎は、すぐに短矢を抜こうとした。しかし、あまりにも深く刺さっているため、容易には抜けない。

「御主人様……」

エリザベスは、最後の力を振り絞って右手を上げると、炎四郎の頬に触れた。聖母のような微笑を見せると、

「幸せ……有難う、です……アイ・ラビュウ……」

右手が落ちた。遠い異国から流れて来た薄幸の娘の目が、閉じられた。

「エリザベスっ！」

冷たくなってゆく娘の軀を抱きしめた炎四郎の目から、涙の粒が転げ落ちた。

もはや、何物にも動かされないはずだった男の乾いた魂が、悲嘆《ひたん》のあまり、狂おしく身悶《みもだ》えしていた。

「お前は……お前は、不幸になるために、この世に生まれて来たのか……今、ようやく楽になったというのか……」

赤毛をまさぐりながら、炎四郎は、血を吐くような声で言う。

そのまま、半刻もの間、炎四郎はエリザベスの亡骸《なきがら》を抱き締めていた。

銃声や斬り合いの音を聞いて誰も騒ぎ出さないのは、新吉が、炎四郎から渡された金を近所の連中にばら撒いたからだ。

その新吉が、おそるおそる縁側から覗きこむと、炎四郎は紅毛娘を仰臥《ぎょうが》させて、立ち上がった。

大刀を左腰に落とす。

「旦那……どちらへ？」

炎四郎は、掏摸《すり》見習いの若者の方へ、顔を向けた。

その凄惨《せいさん》な形相に、新吉は震え上がった。

「始末しに行く……外道を二匹、な」


久能屋与左衛門と木村源斎の死骸が、本所の寮で発見されたのは、その日の夕刻であった。

二人とも、情け容赦なく膾斬《なますぎ》りにされており、その顔は恐怖と激痛に、人間と思えぬほど醜く歪んでいたという。

〈主な参考資料〉

「忠直卿と犬公方」王丸勇（新人物往来社）
「江戸時代流人の生活」大隈三好（雄山閣）
「徳川幕府刑事図譜本編」書誌研究会（三崎書房）
「江戸切絵図と東京名所絵」白石つとむ・編（小学館）
「新版・江戸名所図会（上・中・下）」鈴木棠三・朝倉治彦・校注（角川書店）
「捕物の世界（一・二）」今戸榮一・編（日本放送出版協会）
「江戸年中行事図聚」三谷一馬（立風書房）
「江戸物売図案」三谷一馬（立風書房）
「定本・江戸商売図絵」三谷一馬（立風書房）
「江戸行商百姿」花咲一男（三崎書房）
「江戸男色考（一・二・三）」柴山肇（批評社）
「好色艶語辞典」笹間良彦・編（雄山閣）
「黒髪の文化史」大原梨恵子（築地書館）
「江戸語の辞典」前田勇・編（講談社）
「賭博」半澤寅吉（原書房）
「江戸時代の徳政秘史」中瀬勝太郎（築地書館）
「江戸岡場所遊女百姿」花咲一男（三崎書房）
「日本残酷物語・第三部」下中邦彦・編（平凡社）
「図解古銃事典」所荘吉（雄山閣）
「江戸の舶来風物誌」小野武雄（展望社）
「江戸・町づくし稿（上・中）」岩井良衛（青蛙房）
「精選日本剣客事典」杉田幸三（光文社）
「アジアの子どもと買春」ロン・オグレディ（明石書店）
「増補大改訂・武芸流派大事典」綿谷雪・他（東京コピイ出版部）
その他

あとがき

本作品は、「小説ｃｌｕｂ」（桃園書房）に『炎四郎外道剣』のタイトルで連載されたものです。

その後、『暗黒街の事件屋／炎四郎無頼剣』というタイトルで「別冊週刊漫画ＴＩＭＥＳ」（芳文社）で劇画化されました。

作画は伊賀和洋さんで、『卍屋麗三郎』シリーズを劇画化した『美女斬り麗三郎』に次いで、私とは二度目のコンビでした。

伊賀さんとは同じ雑誌で、続けて『悪漢探偵』『大江戸艶色伝／姫割り大五郎』でもコンビを組んでいます。

主人公の設定は、大藪春彦さんの『トラブル・シューター　――揉め事解決屋――』をヒントにしており、最初に考えた名前は〈犬下乱四郎〉でした。

作品を読んでいただければおわかりの通り、この苗字は〈犬より下に置かれた者〉という意味です。

しかし、「美男の主人公の名前としては、どうだろうか」ということもあり、編集部と相談して〈御里炎四郎〉にしました。

そして、「問題小説」（徳間書店）に連載した『乱華八犬伝』をＴｏｋｕｍａ　ｎｏｖｅｌｓで〈天の巻〉〈地の巻〉の全二巻としてまとめた時、私は、五代将軍綱吉の時代を舞台にした『呪の章　兇女復活』という番外篇の書き下ろしをして、犬下乱四郎という主人公を登場させることができました。

この『乱華八犬伝』は、その後、学研Ｍ文庫から『艶色美女ちぎり／八犬女宝珠乱れ咲き』のタイトルで刊行されています。

また、〈表沙汰にできない揉め事を解決する凄腕の浪人者〉という設定は、「プレイコミック」（秋田書店）に連載した『美女斬り御免！』（挿絵・八月薫さん）の〈お助け屋〉樽間大吾郎に受け継がれました。もっとも、〈だるまの旦那〉と呼ばれる大吾郎は、美男子の炎四郎とは逆の親しみやすい風貌ですが。

この作品も、花小路ゆみさんの画で『美女斬り御免!!!／大江戸だるま剣』として、同誌で漫画化されました。

残念なことに、「プレイコミック」は昨年、休刊になりましたが、この雑誌に掲載されたエピソードはコンビニ向けコミックスに纏められて、現在、リイド社から刊行されています。

さて、『炎四郎無頼剣』ですが、第二巻は、今年の十月に出る予定です。

最後になりましたが、妖美にして艶麗なカバー画を描いてくださった笠井あゆみ氏、編集プロダクションのH氏、文芸社文庫編集長のS氏に、この場を借りてお礼を申し上げます。

二〇一五年四月

鳴海　丈